心灵岛：
这些年才懂的人生

温情卷

主编◎周　语　陈吉秀

河南文艺出版社

图书在版编目(CIP)数据

这些年才懂的人生/周语,陈吉秀主编. —郑州:河南文艺出版社,2013.10

(心灵岛;1)

ISBN 978-7-80765-902-0

Ⅰ.①这…　Ⅱ.①周…②陈…　Ⅲ.①散文集-中国-当代②随笔-作品集-中国-当代　Ⅳ.①I267

中国版本图书馆 CIP 数据核字(2013)第 184173 号

出版发行　河南文艺出版社
本社地址　郑州市鑫苑路 18 号 11 栋
邮政编码　450011
本社网址　http://www.hnwycbs.cn
电子信箱　master@hnwycbs.cn
售书热线　0371-65379196
承印单位　河南新华印刷集团有限公司
经销单位　新华书店
纸张规格　890 毫米×1240 毫米　1/32
印　　张　7.75
字　　数　155 000
版　　次　2013 年 10 月第 1 版
印　　次　2013 年 10 月第 1 次印刷
定　　价　23.80 元

目录

第一辑　忘记一粒沙子的温柔

第二辑　我们之间最远的距离

第三辑 芥蒂是一种草本植物

第四辑 送你一把温暖的伞

第七辑 花开的时候吵到你了吗?

第八辑 在岁月里等一朵云飘来

第一辑

忘记一粒沙子的温柔

爱可以这样

/孙道荣

出去找项目，跑了大半天，一无所获，我们几个都很沮丧。路过同事家附近时，他邀请我们到他家坐坐，休息一下。

这是一个楼群密集的小区。他家住六楼，顶楼，天又燥热，一口气爬上去，我们都有点气喘吁吁，脸上渗出细密的汗珠。

站在楼梯门口，我们等待同事打开门。

同事站在门前，长吁一口气，做了几个深呼吸，定了定神，咧了咧嘴。我们都是又累又困，脸上的表情都有点灰不溜丢的，他这么一弄，脸上的线条好像立即舒展了不少。接着，同事不紧不慢地掏出手帕，擦擦脸上的汗珠，然后，又弯腰掸了掸裤脚，弹起几缕灰尘。

大家都奇怪地看着他，有人催他快开门。

他不好意思地笑笑，这才从裤带上解下钥匙，打开家门。

我们随他走了进去。

家很朴素，但收拾得挺整齐，茶几上摆着一个小花瓶，插着一枝康乃馨。一切都显得很温馨。同事的妻子不在家。他妻子几年前就下岗了，身体也不大好，孩子在外地上大学，全靠同事一个人支撑，一家人的日子过得紧紧巴巴。

我好奇地问他，刚才在门口，干吗站那么长时间才开门啊？

同事笑笑，习惯了。

我追问原因。

同事给我们的杯子里加了水，淡淡地说，每次从外面回家，都很累，有时候心里也很烦，恨不得一脚踹开门，倒在床上。有一次，我在单位憋了一股气回家，随手甩上了门，一个人窝在卧室里。外面一片寂静。等我气消了些，走出卧室，看见妻子和儿子，呆呆地坐在餐桌前，见我出来了，两个人都惴惴不安地看着我。我突然明白，我刚才进门的动作，吓坏了他们母子俩，虽然我的怒气与他们毫无关系。

同事说，从那以后，每次从外面回家，他都会在门前站一会儿，先平静一下自己的心情。一个人在外面闯荡，难免会有工作不顺、心情不愉快的时候，这些情绪带回家，整个家庭就会被它笼罩。站在门口，深呼吸一下，将心平静；咧咧嘴，将愁苦抹平；擦干汗水，不让家人看见你的辛苦……

原来是这样。

同事的话，让我想起另一个故事。有对夫妻，丈夫出门前，都会和妻子吻别；而每次丈夫从外面回来，妻子都会给他一个深情的拥抱。一个寒冷的冬天，妻子从窗前看见丈夫的身影,就跑到门口,准备为丈夫打开门,给他个惊喜。从猫眼里,妻子看到丈夫走到门前,却突然停了下来,一边搓着手,一边不停地做下蹲和扩胸运动,她诧异地看着他,不知道他在干什么。几分钟后,他的脸上泛起红润和热气,他这才解开外套,用钥匙打开了门。她看呆了,竟忘记了给他开门。她扑进他的怀里,那是多么温暖的胸膛啊。那一刻,她忽然明白,他为什么刚才在门前停下来;她也恍然大悟,为什么每次回家拥抱她时,他的胸膛总是那么温暖。

回家前,在门口停一下,是要把愁苦卸下,把温暖带上啊!

那天回家,我也在门口停了一下,我只是做了一个简单的动作,咧咧嘴,再咧咧嘴,我要在跨进家门的时候,让我的亲人第一眼看到的,是我的笑脸。

你的满足让我疼痛

/孙道荣

多年来，她靠拾荒供养自己年已九旬的老母亲。住在破旧的、昏暗的、漏雨的小屋，吃着自己捡来的和别人送的食物，穿着从垃圾桶里捡的别人丢弃的旧衣服……七十二岁的她一点也不觉着自己有多苦，面对闻讯而来的记者，她佝偻着腰，牙齿几乎掉光的嘴巴，笑起来很瘪，很甜、很满足的样子。

已经困顿至此，还有什么值得她如此满足？

她说，自己三岁时父亲就去世了，本就贫困的家庭如雪上加霜，是老母亲四处讨饭，才艰难地将自己和弟弟拉扯大。她说，过去，娘要饭养活了我，如今我怎能不养活母亲？靠拾荒、捡破烂，她养活了年逾花甲的自己，还养活了年迈的母亲。靠自己养活老娘，她感到很满足。

她住的棚屋，是在一条狭窄的胡同尽头，自己搭起来的，虽然又破又旧，钻风漏雨，但毕竟是自己和老母亲的一个窝。好歹还有一个立足之地，她感到很满足。

每天，她都会帮老母亲烧一壶热水，泡泡脚，帮老人家捏捏麻木的脚板。买不起煤球，烧的是从附近的烧烤店讨来的碎煤屑。看着老母亲眯着眼睛很舒坦的样子，她感到很满足。

冬天来了，天气越来越冷了。每天晚上，她都会先上床，为的是把被窝暖热。早上，她也会赖赖床，迟一点爬起来。她是怕自己起床早了，冷风钻进被窝，冻着老母亲。外面北风呼啸，而自己可以赖在床上多陪一会儿老母亲，她感到很满足。

白天，她要出去拾荒，只留下老母亲一个人守在窝棚里，怕老母亲受凉，而她又买不起热水袋，于是，她就自己发明了一种实用的热水袋。她用饮料瓶灌满热水，塞在老母亲的被窝里，这样，不仅可以暖脚，老母亲渴了，还可以掏出来喝点热水。因为这个小发明，她感到很满足。

在她破旧的窝棚里，除了她和耳朵很背的老母亲，还有一个生命——一只她捡来的流浪狗。一次，她外出拾荒，在垃圾堆里看到了一只流浪狗，小狗的一只眼睛是瞎的。她觉得小狗很可怜，就把自己捡来的骨头扔给了它。就这样，流浪的残疾小狗跟着她，回到了窝棚。小狗每天跟在她的后面，她累了，它就在她的腿边蹭来蹭去，像个孩子。小狗很懂事，从来不挑食，只啃她捡回来的骨头。忠诚的小狗，给了她和老母亲无限的安慰，她感到很满足。

贫穷，疾病，孤寂，这就是她和老母亲艰难生活的全部。

除了老母亲,她几乎一无所有,然而,她竟然很满足,她真的觉得很满足。她的满足,让我疼痛。

我有个朋友,不久前去一个边远村落办事,村里的孩子好奇地围着他们。因为没有准备,他们没带什么礼物,最后,几个人把皮包翻了个底朝天,只找出了几块饼干、方便面,还有一个人参加婚宴时随手扔进包里的几袋喜糖,他们很难为情地将这些东西分给了孩子们。他们没有想到,孩子们分吃喜糖的时候,脸上流露出非常惊喜和满足的神情。孩子们说,他们很少能吃到糖,那种很少体味到的甜蜜感,让他们异常满足。朋友说,那一刻,孩子们的满足,让他的心无比疼痛。

对不起,我们忽略了你。寒风中佝偻着腰的老母亲,挂着鼻涕露着脚趾的孩子们,你们困顿,窘迫,无助,坚强。你的满足,让我如此疼痛!

狼与羊的交易

/荞小麦

班长“小羊子”的绰号，是我起的。

班长有个很刚性的名字——杨锵锵。我叫他“小羊子”，其实，是个美誉。但是同学们愣要“歪曲”，我有啥法子呢？

他们认为，羊者，懦弱、温顺、窝囊也。的确，在他们眼里，杨锵锵对我，确实不讲原则。

杨锵锵就像他的名字一样，无论是成绩，还是人品，都是顶呱呱的。要不，咋能当咱班的“将”呢。如果说，杨锵锵是天上的玉帝，那我就是花果山的孙猴子。用老师和副班长楚俏那丫头的话说，我是个“无赖＋祸害”。

俗话说“人以群分”。《西游记》中那些天上的神仙，虽然见了孙猴子都笑脸相对，但那都是为了让他不生事端，为了维持稳定与和谐。骨子里，没有一个看得起他，愿意和他称兄道弟。除了仙术高强又慈眉善目的太白金星。

而杨锵锵，就是我的“太白金星”。他不但不嫌弃、疏离我，跟我走得很近，还时常乐意被我欺负和压迫。有时，我还遗憾地想，他要是像太白金星那样，有着长长的羊胡须，让我揪着玩儿，就更好喽。

嗨，说归说，如果“小羊子”真有胡子，我最多也就是摸摸，铁定舍不得揪他。虽然我浑，但再浑，也知道好歹。你都不知道，“小羊子”对我有多“温柔”。

就说开学不久吧，天气虽然已经立春了，可该死的倒春寒比寒冬腊月更冷、更冻人。我以为，这情况过不了几天会改善，一出太阳，天就会变暖。于是，离家的时候，就穿了件太空棉外套。谁知，连续一星期阴雨连绵，阴冷阴冷的，冻得我就像一片挂在树梢上的黄叶，不，是红叶（我的衣服是红色的），簌簌地直打哆嗦。“小羊子”却穿着一件簇新的羽绒登山服，且是绿色的，春意盎然，一看就觉得暖暖的。

于是，我“不怀好意”地靠近他，抱紧他，上牙故意把下牙磕得“咯咯”响，说：“好心的孩子，救救我这个垂死的人吧。我冷得像卖火柴的小女孩一样啊……”“小羊子”看着我说：“你小子，别跟我绕弯子，要什么，直说吧。”

我嘿嘿笑着，厚着脸皮说：“三月，是学雷锋月。雷锋当班长的时候，都把好吃的好穿的好用的省给战友和需要帮助的人，对不对？你看，我这外套没你那件暖和，而且我瘦，没你脂肪多，不抗冻……”

“小羊子”的智商就是比一般人高出一座珠穆朗玛峰，没等我说完，就“啪啪啪”扯开羽绒服铜扣子，数落我说：“你这厮婆婆妈妈半天，不就是想跟我换外套穿吗？多大事儿啊！

换吧。”你说，这孩子缺心眼不？就这样，毫无怨言地喝我调制的“毒药”。

周末，天依旧阴冷。我把“小羊子”的羽绒服穿回了家。

晚饭时，我爸不知是不是把这衣服看成一盆“绿色蔬菜”，突然对它产生了兴趣。继而，狐疑地问我妈：“这小子，啥时买了这件衣服？”

这一问，妈的眼睛也盯上了我，诧异地说：“东东，不对！这不是你的衣服。你上周去学校，穿的是件红色太空棉袄。可这件是羽绒服……”

“啪！”我的警察爸，立刻拍下筷子，瞪圆了眼睛吼我说：“你小子，这衣服是不是偷的？”

天哪！警察眼里，连儿子都是贼。我理直气壮地说：“我这衣裳，是跟人换的，不犯法。”

爸不依不饶地说：“换？坑蒙拐骗吧？不然，谁愿意拿件新羽绒服跟你换半旧棉袄？”

我不屈不挠：“谁都像你们大人那样现实、精明啊。我这衣服，就是班长心甘情愿跟我换的，不信你问。”

我随手拨通“小羊子”的手机，“喂”一声后，我把手机递给了警察。警察听着，嘴巴张得老大。最后说：“谢谢你啊，杨同学……”然后，埋头吃饭。

当然，周一到校的时候，我把我妈洗得干干净净的羽绒服，还给了杨锵锵，并顺手拿起他的英文练习簿说：“我抄抄。”

旁边的楚俏撇着嘴说：“堂堂班长竟然支持抄袭。真是羊和狼的交易。”

我刚要抢白她几句，杨锵锵拦住我，对楚俏说："假如他抄一次作业，从中记住一个单词或句式，又何尝不是一种学习？"

我附和说："就是就是，有些人真是咸吃萝卜淡操心。哼！"气得楚俏直翻白眼。

自习课，我还作业本。"小羊子"拽住我，小声问："你记住哪个单词了？"

我嘻嘻笑："抄者，即动手不过脑也。我记个屁。"

"小羊子"说："我的作业不能让你白抄。必须记住一个单词，或一个句式。否则，我就不让你抄。"

他不让我抄，没人让我抄，我可怎么混啊！无奈只能同意，每次交还作业本，背一个单词或句式给他听。

我权当是"交易"。没想到，三月底的英语测试，我竟然得了五十三分。虽然不及格，但这是我有史以来的最高分啊。

从此，我格外佩服"小羊子"，发誓：高中这三年，跟着"小羊子"混。最好，还能跟他考进同一所大学，做一辈子的好哥们儿。

最幸福的福利

/李良旭

儿子大学毕业后，在一家软件公司找到了工作。儿子性格内向，不善交际。从学校走向社会后，我十分担心儿子的适应能力。

没想到，儿子在这家公司一干就是三年。其间，有很多机会跳槽，甚至对方开出了很诱人的福利待遇，儿子也一笑了之，坚定地摇了摇头。

儿子说：我在这家公司工作，有一份最幸福的福利，这份福利无比珍贵，是任何金钱也买不到的。儿子说这话时，目光中顿时溢满了一缕温情，脸上有一种挥之不去的幸福在荡漾。

我听了，疑惑地问道：你在这家公司有什么样的福利，这么令你一往情深，割舍不了这份幸福？

儿子说：是的，在我心里，这就是最幸福的福利，不是用金钱就能买到的。每天到公司上班,在门口每个员工都能得到我们的美女老板轻轻地拥抱三秒钟。就这三秒钟,坚定了我在这家公司继续干下去的决心,别人开出的工资再高,我也绝不会轻易地跳槽。

我吃惊地问道:什么?你们的美女老板每天拥抱你们每一个人三秒钟?

儿子以一种不容置疑的口气回答道:对,和美女老板拥抱三秒钟。就是这看起来微不足道的三秒钟,使我们这个从开始不足二十几个人的团队,发展到目前拥有一百多人的公司,从科研、设计、销售、开发,成为一条龙服务生产体系,市场前景十分看好。

我不解地问道:就因为这短短三秒钟的拥抱,这就是你要继续干下去的理由?

儿子眼睛睁得大大的,望着我说:这还不够吗?别小看了这三秒钟的拥抱,却使我们感到了一种温暖和力量。在公司里,老板和员工之间、员工和员工之间的关系,都非常地融洽、和谐,没有了那种尔虞我诈、职场如战场的紧张气氛,大家心往一处想,劲往一处使,为公司的发展,增添了无穷动力和发展后劲。

儿子说到这三秒钟的拥抱,竟滔滔不绝,说个没完没了,好像这是天底下最幸福的事。

儿子公司的美女老板,真的像儿子所说的那样,每天能拥抱每一个来上班的员工吗?我心里充满了疑惑,就想实地去考察下,看看是不是像儿子所说的那样。

一天早上,我来儿子工作的公司门口,远远地仔细观察起来。

果然,我看到了一个端庄、典雅的女士,正温文尔雅地站在公司门口。只见她对每一个走进公司大门的员工,无论是男是女,都张开双臂,轻轻地拥抱,并轻轻地拍打下对方的后背。

真的像儿子所说的那样,只有三秒钟的拥抱。但就这三秒钟的拥抱,员工们的脸上立刻绽放出幸福的微笑,腰杆明显地挺直了许多,似乎有了一种力量和勇气。

那一刻,我周遭仿佛也萦绕着一种暖暖的幸福感觉。这种幸福从心里荡漾开来,在缠绵着、涟漪着……

涌泉之恩，滴水相报

/刘会然

他两岁那年，爹就因病早逝，是娘千辛万苦拉扯他慢慢长大。十四岁那年，他以优异成绩考上了县重点高中，懂事的他却不打算去读。

他知道，几年初中的学费和生活费折腾下来，家里早已捉襟见肘了。他还记得交初三的学费时，狠心的娘把跟随了她二十多年的那头齐腰的乌黑秀发剪了。

现在家里已是如水漂洗般清白，任何值钱的东西该变卖的都变卖了，只剩下祖宗留下来的那半幢风吹雨摇的破木板房。娘也因为多年独力支撑，劳累成疾，连医治的钱也没有。每次看到娘捂着胸口，疼痛得汗流如雨，他的心有如锥凿。

他本来打算初三时就中途退学，但娘说，只要她还有一口气，他就要读下去。

他读下去了，而且有了硕大的果实，但他知道这个果实自己还是不要去采摘为好。十四岁的他，是该减轻娘负担的时候了。

那天，是个暑期炎热的凌晨，他一个人偷偷地来到城郊的煤矿，二话没说就用箩筐挑起了煤。他稚嫩的肩膀生痛，但一想到能给娘减轻负担了，他就异常兴奋，步履匆匆穿梭于井底和矿场之间。

一天挑上十六个小时，黑心老板只给他八元钱，但他没有任何怨言，因为他害怕自己是童工，老板辞了他。

娘找到他时，把眼窝都哭得枯竭了。母子抱头痛哭，但他还是不愿回去读书。

娘还是那句掷地有声的话：只要我还有一口气，你就不能辍学！

无奈，他跟着娘踉踉跄跄回家了。

第二天，娘就把自己嫁给了村里的老光棍陈拐。陈拐是什么人？用村里人的话说是个恶贯满盈的村痞，仗着家里有点家产，游手好闲，惹是生非，典型的乡村油子，娶了好几任妻子，最后都忍受不了他的暴打跑了。

他死活不同意，但娘很决然。他不明白娘这个时候为什么会选择陈拐。很快，他明白了，娘单靠自己羸弱的身躯再也无法撑起儿子学业的大厦了。直白一点说是为了钱，他读书的学费。

他很快读完了高中，考上了大学。每次回去，他都看到娘身上遍体鳞伤。他的心在泣血，心里无比憎恨陈拐，他甚至有过杀陈拐的想法。他哭着要娘离开陈拐，可娘总是摇摇头，说我的事你不要管，你管好自己读书吧。

很快，他大学毕业了，找了一份政府里的工作。

他说，娘，我现在参加工作有钱了，你离开陈拐吧。母亲还是摇头，说我的事你不要管，你管好自己工作吧。

好学上进的他很快成了某局的科长。结婚前，他回家接娘进城喝喜酒。可娘竟然要他把陈拐也带上，娘补充说，你们拜爹娘时，陈拐就是你的爹。他哪里能接受陈拐这样的爹，和母亲吵了起来。娘坚决说要带上陈拐。娘俩谁都不肯让步。他以不再赡养她下半生甚至断绝母子关系威胁娘，但母亲依然坚持要带上陈拐。

他和未婚妻都无法接受这样一个爹。有着大好前程的他，更害怕同事们取笑他这个莫名其妙的爹。最后，他一个人悻悻而归。

几年来，他一直无法原谅娘，因为娘让他在婚礼上出了洋相。拜爹娘的时候，他和妻子竟然无法完成。

他再不回家了。偶尔有娘的消息，他心里也平静如水。娘依然和陈拐生活在一起。那年陈拐因病去世，娘要他回去参加葬礼。他没有去。娘一个人生活在乡村，他时常资助娘一些钱和物品，但都被娘一一退回。他知道娘在恨他，根本不给他报答的机会，他干脆什么都不给娘了。

那次，他知道娘重病住院，可他心里对娘的阴霾还在，托人捎了一些钱过去，自己以出差为由，没有去医院。可捎去的钱依然被娘退回。

几年后，操劳一生的娘行将就木了。他心底依然无法原谅娘，他知道娘肯定也恨他这个不孝儿子。

那次娘真的不行了，托人说想见他。他去了。站在娘的病床前，他憋了很久才怯怯地唤了一声娘。最后娘是含笑而去的。他痛哭得像个孩子。

他这才明白，娘一辈子含辛茹苦为他付出的涌泉之恩，期待的只是他滴水的回报啊！

忘记一粒沙子的温柔

/安宁

我曾经在一所中学做过一年的老师，彼时刚刚大学毕业，满怀了一腔的热情，几乎将全部的精力都投给了那些青春年少的学生。那时一直认定，只要自己有一颗足够温暖柔软的心，再怎么劣迹斑斑的学生，都会被自己感化，并在此后漫长的人生中，记住曾有这样一位老师，在迷惘的十字路口，给过他无私的指引和扶助。

我记得那时几乎耗尽了平生的气力，备课时从来不会偷懒直接从教参上拷贝，而是像采撷缤纷花朵一样，在鲜亮的校园生活中，将六十个孩子最美的瞬间，融入每一个英文例句、单词、幽默小品。每一次上课，我都像一个导演，领着这一群优秀的演员，尽享四十五分钟的舞台光芒。我依然可以清晰地记起那些孩子可爱的伎俩，他们故意在我巡查晚自习的时候，小声说笑，以此换来我在凉风习习的走廊上，给他们开的思想小灶;他们还会拿刁钻古怪的题目难为我,并用错误的答案误导我,以便看我上当后的窘迫;有时候他们站起来造句,会狡猾地问我最近有没有收到男友的情书,而后在哄堂大笑中,看我满面羞涩的桃花。

大多数时候,我纵容他们的任性无理、小奸小坏,并期望能用关爱温暖他们偶尔迷失的心灵。但还是会伤心、失望,对那些个性鲜明到无法调和的孩子,充满了深深的无助和倦怠。甚至,很多次,下定决心,要像周围的老同事一样,不再斤斤计较,只要成绩高高在上,他们的品德和言行又与我有什么相关呢?毕竟,所有的评选,成绩,总是一个具有决定性意义的砝码。

那年的秋天,为了加深对一篇课文的印象,我突破重重阻碍,终于成功申请到带他们出游的机会。行前许多老教师叮嘱,说,如果有了矛盾,一定记得,板起面孔,不要吝惜任何力气教训他们,否则,你不让他们流泪,他们会让你流泪。我当时只是笑笑,想,哪有那么严重,平时上课,也未见他们放肆到哪里去,一次出游,又能有多少造次?顶多是在我给他们拍照的时候,拥挤着要抢占最佳地理位置罢了。

可惜,在刚刚抵达车站的时候,我便发现,一切并不像我想象的那样简单。因为一辆巴士坐不下那么多学生,势必要有一些人需要站一个小时,或者坐在巴士准备好的矮小凳子上。于是许多有"主见"的学生,便自作主张,要等半个小时后的下一辆巴士。我立刻着急,说:那怎么行,我们是一个集体,不能有任何人单独活动。一个高个子男生便在后面嚷:老师,你们是大部队,我们是小分队,我们很快会与你们"井冈山胜利会师”的！周围人一阵大笑，开车的师傅却无心听我们闲扯，催促道：你们还走不走？知不知道每耽误一分钟，就让我少赚很多钱啊。

我最终软硬兼施，“威胁”他们说，如果谁不服从命令，我们这次出行立刻取消。这句话，终于让那些学生一脸不情愿地上了车。但上车后并没有安静，许久都没有出游的他们，像是飞出笼子的鸟儿，欣喜若狂，忽而高歌，忽而大吼，忽而吵嚷，忽而将头伸出窗外去，朝路过的车辆挥手。

其实那时我也不过是个二十二岁敏感脆弱的女孩，对于这群十六七岁的孩子，并没有多么强的掌控力。但出于一个老师的职责，我还是将自己扮成一个力大无穷的水手，载着这些兴奋到忘记危险的孩子，小心翼翼地驶过险滩、急流、旋涡、暗礁，冲向那险境重重的彼岸。

那真是一场心智的较量。六十个孩子，六十颗古灵精怪、损招频出的心，当它们一起发射过来的时候，我几乎是无力可挡，任凭它们嗖嗖地穿越密林，击中我最致命的胸口。

那次出行之后的很长时间，我都不愿意回忆种种让我感伤的细节。我不知道为何课堂上相处融洽的我们，到了山野，那股聚合的绳索便节节脱落。女孩子们三五成群地闹小团体主义，不过是一个转身，爱冒险的男生们便不知跑入哪一个岩洞；行前设计好的路线，到了目的地，偏偏有那么几个人吵闹着说不好玩，要另行修改。我绞尽脑汁，低声下气，循循善诱，声嘶力竭，差一点，就在一个女孩子的抱怨里，落下眼泪来。但即便是如此，却并没有多少人领情，或者说句安慰的话，那一群没心没肺起来几乎是无情的孩子，他们尽情撒欢的时候，并不知道，我在背后已经心神俱疲。

但我却因此记住了他们每一个人生动的面容。一年后我辞职读研，临走前给他们上课，我站在窗外，驻足许久，我知道尽管自己的热情已经渐渐减退，如果继续教下去，或许过不了几年，也会和办公室里其他同事那样，成为一根蔫掉的黄瓜。可是，当我这样凝视他们年轻的面容，我还是明白，不管他们如何惹怒过我，我依然会将他们深深铭记在心中。

几年后我在街上，偶然遇到一个曾经因冒险开辟新路被我狠批一顿的学生，我一开口便叫出了他的名字，而他，却是迷惑地注视了我许久，在提醒下终于想起我这个只教过他们一年的英语老师。当然是没有多少的话说，尴尬之下，只谈谈彼此的近况和一些学生的去向，便匆匆告别。落寞走了一程，才想起，我们都没有索要彼此的手机号码。

彼时我几乎无法接受，当年如蜡烛一样无悔燃烧的自己，怎么就被他们给忘记了呢？我为他们做的十年梦想卡还认真地收藏着，却不想，时间只过了一半，那卡上的人却是完全不记得我当年炽烈的情感。

后来有一天，我去海边，在沙滩上看到一双双年轻朝气的脚跑过岸边，它们所过之处，总是会溅起许多沙子，并在沙滩上留下深深浅浅的脚印。而那些奔跑的脚，却很快便忘记了那承载过它们的沙子。

可是，时光的海水冲刷过来，掩盖了行过的足印，但那些温柔的沙子却依然会记得，曾经踩着它们飞过的双脚的温度。

而一个老师，原也不过是承载千千万万个学生奔赴远方的一粒沙子，会不会被记得，原本并不那么重要。

重要的，是我的心，不会忘记年轻时候那份曾经澎湃不息的热情。

漏水的“月亮”

/朱成玉

“俄罗斯诗歌的月亮”阿赫玛托娃有一次与外交官伯林聊天聊到半夜,饿了。阿赫玛托娃家里只有一点煮土豆,于是,在炉边,阿赫玛托娃和伯林,还有她的儿子,三个人一起把盘子里的土豆快乐地分着吃光了。

俄国人耐曼在《阿赫玛托娃记事》一书中,记录了他与阿赫玛托娃第一次相遇的情形:阿赫玛托娃要招待耐曼,端来的盘子上只有削得不齐、已有些干巴的孤零零的一根煮过的胡萝卜。

这些点点滴滴的记忆碎片,记录了阿赫玛托娃一生受过的苦,而这仅仅是她千疮百孔的生命里漏出的点点滴滴的水。

阿赫玛托娃,这位1912年便以诗集《黄昏》一跃登上俄罗斯文坛的抒情诗人,被她的同胞誉为“二十世纪的萨福”。

在俄罗斯文化和精神遭受劫难的同时，她本人也经受了几乎难以想象的磨难：1921 年，她的第一任丈夫、杰出诗人古米廖夫遭枪决；大清洗的 1935 年，她的儿子与当时的丈夫、小说家普宁同一天被捕，儿子曾经被判死刑，后改为流放。除了家破人亡，志同道合的诗人朋友们在周围相继消失，也给阿赫玛托娃的心灵带来无比的创痛，其中包括她始终对其满怀感情的诗人曼杰斯塔姆，阿赫玛托娃曾眼睁睁地看着他被抓走，1938 年这位公认的诗歌天才死于远东集中营之间的辗转途中。但是，悲痛并没有能够压垮这位女诗人的坚强意志，对于命运她始终采取一种高高在上、略带嘲讽的态度。伯林这样描述他第一眼见到的阿赫玛托娃："有着阔大的尊严，从容不迫的气度，高贵的头，庄严的举止和含着巨大悲哀的眼神。"伯林禁不住弯腰行了一个礼，因为他感觉只有这样才符合她"悲剧女王"的身份。

苦难是一条毒蛇，在她的生命中如影随形。她刚开始写诗的时候，遇到的不是鼓励，而是反对。她父亲是一位海军军官，似乎预见到了女儿作为诗人的坎坷命运，因此坚决不准女儿写诗。她只得以曾祖母的姓作为笔名发表诗作。她的少女时代几无欢乐可言，父母因感情不和长期分居，两个妹妹先后死于肺病，自己也曾两度感染肺病，从而痛感人生的无常和孤独。

她憧憬和追求真正的爱情，渴望有个男子以深挚的爱拂去她心头的孤寂、惆怅和忧郁，然而造化弄人，她不是受到欺骗，就是被外力夺走她的所爱。

她受尽了爱情的践踏，她的遭际像苦艾一般。1946 年，她遭到日丹诺夫的严厉批判,他辱骂她为“混合着淫秽和祷告的荡妇和尼姑”,将她革出苏联作协,迫使她的声音沉寂了将近十年。

她的一生颠沛流离,仅免于死。她背负着沉重的十字架写诗,她一直在逆流中挣扎,用诗篇向人们诉说她心底的哀怨。

这是被整整一个世纪的风暴折磨着的女人,那些苦难的风暴下,诞生了这个比瀑布、银河更灿烂的生命。

阿赫玛托娃,一颗颠沛流离的灵魂,她在生活的每一天、生存的每一个角落都承受着苦难,但她没有因为生活的悲苦而萎靡不振,每天照样去看日出,看一个新鲜而伟大的生命的分娩。她劝慰自己,每天的太阳都是新的,会告诉她新的消息。可是太阳就像是被她的敌人施了魔法一样,每一天告诉她的都是不停的诅咒,不停的打击。

她是一位歌者,却被堵住了喉咙;她是一位舞者,却被捆缚了双脚;她是一位天使,却被剪断了翅膀……

她注定是一枚月亮,躲在生命的暗处,写她的诗,盛开她灵魂里的歌,一行一行地铺展她永不衰败的少女情怀,和永不凋残的对爱情的憧憬,她用她的诗句梳理自己的羽毛,安抚灵魂,她把那些苦难磨砺变成珍珠,穿成了项链。

古希腊一位诗人说:我身上有无数个裂缝,到处在漏水。此时此刻,我只能想到这一句话,我想也只有这一句话能恰如其分地形容她,一个月亮,一个时刻在漏水的月亮。

俄罗斯诗歌的月亮,无上的光辉掩盖不住她内心的伤痛。

一定有颗温软的心

/朱砂

说不清从什么时候起，他开始下意识地躲着她。身边没人的时候，他也会喊她“妈妈”，和她说一些学校里的事，可是从内心里，他并不喜欢她，许多时候，看着同学们个个衣着光鲜，打扮得年轻、漂亮的母亲，他就忍不住想，要是她也像她们那样该多好啊。

可是，她不像，她高高的个子，很瘦，颧骨很高，给人的感觉颇似鲁迅先生笔下那个细脚伶仃的豆腐西施。她说话嗓门很大，声音也很粗，打起架来不要命，泼辣的程度比男人还厉害。时至今日他仍清楚地记得，他上四年级那年，期中考试，后面的同学要抄他的试卷，他不让，那同学便从背后伸手拉他的衣角，他使劲挣脱着，同学就是不松手，那情形仿佛在说，你不让我抄我就不让你答题，咱俩谁也别想得好成绩。正纠缠间，老师走过来，问明情况，没收了那个同学的试卷。

结果，怀恨在心的同学找来几个同党，在放学的路上截住他，一番拳打脚踢后，扬长而去。

他鼻青脸肿地回到家，断断续续地和她讲了打架的事，她火冒三丈，骂他是个孬种，只任别人打不知道还手，还拽了他去找班主任评理。班主任不在，几经周折，他们找到那男生的家，男生一口咬定自己没动手，那男生的母亲蛮横无比，于是两个女人像两只护雏的母鸡，在胡同口掐了起来，她们相互扯着对方的头发，用最污秽的语言将彼此的长辈轮流“问候”着。

她个子比那女人高，很快便占了上风，那女人的邻居们见势不妙，过来拉偏架，被她骂了个狗血喷头，吓得他们再也不敢上前。

两个女人在地上翻滚着，一个人的衣服被扯破了，另一个人的脸被划出了血印，直到有人喊着去找警察，这才住了手。

他以为这事儿到这儿也就结束了，然而事实表明，她并不想就此罢休，第二天，她找到学校，在校长办公室里，一把鼻涕一把泪地夸张着她的委屈，说到愤怒处，嗓门儿不觉提高了八度，舌头在嘴里快速伸缩着，把那女人的家人又“问候”了一遍。

在那之后的许多年，他都忘不了这一幕，校长对她赔着笑脸，把他们母子俩往外送，刚走出门，后面两个老师便不屑地翻起了白眼，低声议论着：“真像个不识字的农村泼妇。”

他的脸上火辣辣的，那种滋味比被那几个小流氓揍一顿还难受：被人打一顿，不过是受点皮外伤，而被人嘲笑，伤的却是一颗稚嫩而自尊的心。

从那之后，即使受再大的委屈，他也断不敢和她讲起，他很害怕她那种在舔犊情绪作用下失去理智的样子。“泼妇”这个词，像一道经年的疤，在他心头留下了深深的划痕。

事实上，那两个老师说得没错，她虽然是知青，却并没读过多少书，像所有那个疯狂年代的热血青年一样，她糊里糊涂地报名参加了上山下乡的大军，在山沟里一扎便是十年，等她终于有机会回到城市的时候，青春连个尾巴也没剩下。

去的时候，她是一个人，回来的时候，身边却多了个孩子。那一年，他六岁，记不清父亲的样子，只记得他们两个人总是吵架，后来的一天他是被人抬着回来的，鼻子、嘴里都是泥，那时的他还不知道死意味着什么，只是庆幸他的嘴里有泥沙，再也不能骂自己了。

回城后，她被安排在市服装厂上班，单位分的那间五六平方米的小屋，便成了她和他的栖身之所。她做得一手好活计，经常有人拿了活儿让她干，虽然给的价格极低，可她从不拒绝，在她眼里，一分钱也是钱，她说，她要给他攒学费，她要他考大学。

常常，他从梦中醒来，见她在昏黄的灯光下穿针引线，她不说话，轻轻地给他掖好被角，然后便又低了头去做手中的活儿。

在别人的眼里，她是辛苦的，一个女人，独自一个人带着孩子生活，又当爹又当妈，里里外外生活的重担只能独自承担。可在他眼里，她做的一切都是天经地义的，并且，他总是挑三拣四地抱怨她没有能力把生活过得更好。在他看来，别人家的一切都比自家的好，饭菜比自家的香，房子比自家的大，甚至，别人的母亲也比她和蔼。她常常会对他吼，在他没有完成作业便和同学们跑出去玩儿的时候，她的愤怒便到达了极点。在她眼里，仿佛他的作业永远是家庭生活中最重要的事情。

一天，晚饭的时候，说起学校的事，他不无得意地说，今天开家长会时，有两个家长都想让孩子和他同桌哩，话说了一半儿，他忽然就住了口，知道自己说漏了嘴。

自从打架事件后，每次开家长会他都给她找了借口，他不想让她再被学校里的人指指点点。

显然，她也清楚了他的话，她不抬头，只闷闷地往嘴里扒着饭，低垂的眼帘中像是有什么东西在滚动。

那一晚，她没有做活儿，早早地睡下了。夜里，他感觉到床板在轻微地颤抖着。

后来，她又结了婚，那男人比她大二十多岁。男人答应供他上大学。

然而还没等到诺言实现，那男人便一命归西，男人的两个女儿把家里能拿走的东西都拿走了，直到她抄起菜刀要来和她们拼命，两个人才极不情愿地答应把房子留给她，那一年，他上高二，在又一次想起“泼妇”这个词的同时却也第一次懂得了，她所做的一切并不是天经地义，而是出自一个母亲对儿子的爱。

终于，他考上大学，她高兴得恨不得让全世界都知道。可是，面对高昂的学费，他却高兴不起来，他知道，她没有那么多钱。

她让他不要担心，说自己有办法。她坐了两天两夜的火车去了北京，她有个表哥在那里当官，然而，最终她一分钱也没借来，表哥惧内，表嫂则根本不认她这门亲戚，就连回程的车票，表哥也是动用的私房钱。

那些天，她的脸肿起老高，左侧的牙疼得她整晚整晚地睡不着。

后来，陆陆续续地有陌生人来家里，左转转，右转转，对房子指手画脚。直到这时他才知道，她想卖掉房子。一次次地，他想说服她同意自己去当兵，她执意不肯，说那样的话两个人都会后悔一生的。

终于，房子出手了，搬家那天，看着两鬓已泛起霜花的她不得不再次面对居无定所的生活，他的心里忽然就涌起一股想哭的冲动。

一个月后，他要去上大学了，她把他送到火车站，看着他的背影消失在人群里，那一刻，她如释重负却又茫然若失。

他从车窗里向她招手，她微笑着，春风满面，扭头间，却泪落如雨。

大学里的生活丰富多彩，许多同学都渐渐地染上了乐不思蜀的毛病，他也不例外，许多时候，他甚至忘了千里之外的她，忘了自己曾经答应过给她写信。只有那一张张汇款单，无声地诉说着她对他的思念。

他一天天强壮起来，她一天天衰老下去。

后来，他毕业留在了省城，结婚，生子，像如今的她一样，租住在属于别人的狭小的房子里。

曾经，在心底他发下誓言，将来一定让她住最好的房子，享受最幸福的生活。他天真地以为明天会更美好，然而，一天天过去了，生活依旧是那个样子。偶尔，他会给她寄一些钱，用这样的方式平衡着自己的内心。他也曾想过，等自己怎么怎么样了，便把她接到省城来住，可是他却忘了时间的残酷，忘了人生的短暂，忘了世上有永远无法报答的恩情，忘了生命本身那不堪一击的脆弱。

一纸子宫癌晚期的诊断证明彻底打碎了他的梦，她从他的脸上读出了自己的病情，不想拖累他，执意不肯手术，那一回，他第一次没听她的话，当他把她抱上手术车的时候，他忽然感觉到她的身体竟是如此之轻，完全没有了当初记忆里那般硬朗、健壮的样子，一头花白的头发，明明白白诉说着岁月的霜刀雪剑。

在陪伴她走过生命最后的日子里，他的泪眼无数次目睹了她生命烛光即将熄灭的悲凉。

最终，她还是走了，走得很从容，带着满足的笑。

整理遗物时，他看到了她为他存下的两万块钱，他难以想象，她微薄的退休金既要付房租又要吃饭，还给他的儿子做棉衣，买玩具，却如何能省下这么多钱。

意外地，在那个放存折的盒子底部，他发现了一封信，信是拆开的，信封上的黄色昭示着年代的久远。

下意识地他打开信封，抽出信纸，看到了上面的一行清秀的小字：

我是一名上海知青，未婚生子，无力抚养，愿好心人收留我儿，给我儿一条生路，来世我愿做牛做马报答您的大恩大德。

信的落款是刘素梅。

而她的名字，叫齐秀娥。

忽然间，千头万绪涌上心头，他想起，幼年时父亲一生气便骂自己是“野种”的旧事，想起无数次她抱着自己，泪流满面地重复着的那句话：“我苦命的儿啊！”

拿着那张纸，走到她的遗像前，他的手指轻轻地抚摸着她的脸，喃喃地喊着：“妈妈，妈妈！”

犹太人有句谚语，上帝不能无所不在，才为人类创造了妈妈，妈妈的心是世上最温软的东西。

那一刻，他终于懂得了，在她粗糙泼辣的背后，一定有颗温软的心，让她在坎坎坷坷的生活里，给予了他最彻底的体恤和最无私的母爱。

第二辑

我们之间最远的距离

初吻

/纪广洋

1975 年的夏天，我刚满七岁。麦收季节，我攀上一个堆在房屋墙边的尚未封顶的麦秸垛，准备去掏墙洞里的小麻雀时，不小心碰上了因老化而裸露的电线，瞬间失去了知觉。不知过了多长时间，就在我迷迷糊糊地苏醒过来时，我感觉自己的唇际热乎乎的，似乎还有人伏在我的身边。我惊悸不已地睁大眼睛，用双手去推那人时，才看清是知青兰姐。

兰姐是三年前从济南来我村插队落户的知识青年，因与我的姐姐关系特别好，两年前就搬进我家的东屋，与我姐姐一起居住。

当时，在现场围观的左邻右舍，对兰姐救我的方式方法大都疑惑不解。有的说，亲嘴也能救人啊；有的说，城里的姑娘就是能耐；有的说，小三儿（我的乳名）刚才昏迷不醒是装的吧……后来，还有人煞有介事地对我说，那个漂亮知青按着你亲了好长时间,居然把已经电死的你给亲活了,真是奇了怪啦。

后来,姐姐告诉我那是人工呼吸,并说要不是兰姐,我这条小命就肯定没了。于是,我对兰姐更亲更近了。有什么好吃的,我一定要分给兰姐一份,她若是不吃,我就缠着她,自己也不肯吃。

到了1977年秋天,我刚上小学二年级,兰姐逐页逐首教我背的《唐诗三百首》还不到三分之一时,她就要回城了。

兰姐回城的头天晚上,她把我留在了东屋里,说要检查一下我究竟能背多少首古诗,并悄声对我姐姐说,她也真想搂我一宿。深夜,她俩终于不再哭哭啼啼地交谈,准备休息时,兰姐以为我早已睡着了,就轻轻地亲我的额头和嘴角。当她发现我的枕头上已洇湿一片眼泪时,她情不自禁地趴在我身上抽泣起来。刚刚九岁的小男孩不知哪来的一种莫名的冲动(或许因为我这条命是她捡回来的,她平时特别地疼我宠我关心我,我与她常常有一种心灵相通的感觉),我顺势抱住了兰姐的头,不由分说地亲起来,甚至还把自己的小舌头伸进兰姐的嘴里。她没反对,但也不太配合。最后,我姐姐在一旁说:别撒娇了,让你兰姐快点儿睡吧,我才松开了手。这时,兰姐又把她的脸埋在我的耳边,不知是嗔怪还是亲切地小声对我说:小三儿真坏,哪有这样亲姐姐的,我又用不着人工呼吸……

送兰姐他们去火车站的拖拉机已发动了,我趁机从教室里跑出来,直扑向冒着黑烟的车头。兰姐跳下车来,一边劝我不哭不哭,一边掏出一方粉红色的小手帕为我轻轻拭泪。

拭着拭着，她就把小手帕塞到我的手里，小声说：留给你吧，做个纪念。然后，她猛地把我揽在怀里，紧紧地拥着我。我感觉有温热、湿润的东西滴落在我的头上、脸上。

临别，她握着我的小手，一遍一遍地说：好好上学，等长大了，考上大学，到济南找姐姐……

后来，我就真的考上了济南的一所大学。

开学报到的日子终于到了，在开往济南的列车上，在背对故土的旅途上，我的心情久久不能平静，追忆着当年的往事，咀嚼着青涩的梦想，告别着年少的岁月。兰姐的影像和初吻的记忆，让我无限感慨：世间的爱本是可以那么美丽、那么纯真的！

入住学校的第一天晚上，我断断续续地做了一连串有关兰姐的梦，其中有一个浪漫而温馨的细节令我常常想起，久久不能忘怀——兰姐当年留给我的那方小手帕，变成了一面醒目的旗帜，在一条小河的对岸高高飘扬着、飘扬着……

山就这么高

/仲利民

那年，他在学校的成绩非常不理想，他觉得无颜面对父母，是父母在外拼命打工供他来城里的这所学校读书，希望他将来能够出人头地，可是以他现在的成绩根本就没有什么希望考上好大学。

他不敢对父母说“我不想读下去了”。那样，即使父母什么也不说，仅仅是他们那失望的眼神就会将他击垮。他想偷偷地出去打工，等到生米煮成熟饭时再跟父母讲明。他们叹息也好，怒骂也罢，随他们去。

经过一夜思考，他做了决定，这个星期正好父母从外地回家，他先陪他们过上一晚。也许，这个夜晚是一道分水岭，从此就决定了他未来的人生方向。

父亲看到他回家，很热情地和他讲外面的事情，母亲则在厨房里忙着做他喜欢吃的。他在等父亲问他的学习情况，可是父亲就是不问。

吃过晚饭,父亲少见地和母亲陪着他一起去村庄西边的小山脚下,父亲说:“娃儿,你看这山有多高?”他小时候爬过这山,因为山势陡峭,荆棘丛生,从未爬到过山顶,所以很难回答。没有经历过,怎么会知晓呢?面对父亲的提问,他不知如何作答。

父亲见儿子沉默,就说:“这山,说高也不高,努力去爬了,到达山顶就知道了。如果从未爬到过山顶,你就永远也不知它有多高。”其时,圆圆的月光洒下来,如同白昼,山在那里坦然地呈现出它的身姿。

父亲说:“孩子,今天,你母亲在山下看着,我们俩一起开始爬山,看谁先到山顶。”他想不明白,父亲今天为什么有闲心陪他爬山,而且是晚上,以前他很少有这样的闲情逸致啊!

不过,他看了父亲一眼,那个在他眼里曾经高大的身体,现在已经有些苍老了,他不相信会输给父亲,就答应了父亲的要求。

在母亲的注视下,父子俩开始爬山,月光下,两个身影用自己的方式向山顶攀去。

脚下凹凸不平,手被刺破了,腿受了伤,胳膊擦破了皮,脸上还划了条伤口,虽然如此,他还是爬到了山顶,这是他第一次到达山顶。他的心里忽然有了几分豪情,他真想大喊一声,告诉别人他内心的快乐。

看到父亲也快爬到山顶了,他弯下腰,拉了一把父亲。父亲也到达了山顶。站在山顶上,父子俩一起大声地对着夜空喊了起来:“噢——噢——”整个小村都回荡着他们的声音。

他对父亲说:“山就这么高!”

父亲笑笑说:“其实山就这么高。”

他决定回校去好好读书。任课老师都感到奇怪,他怎么像变了一个人,成绩像雨后的竹笋,噌噌地升了上来。后来,他考上了一所名牌大学,成了一位非常有名的律师。在他的心中,一直屹立着一句话:山就这么高。

爱不会给菜鸟机会

/路勇

雅丽要去见一个海归，心有点慌。她只是个简单的女孩，在一个熟悉的城市，从幼儿园念到大学毕业。一座城、一栋古楼、两江水，便是她生活的全部格局。爬爬楼，渡渡江，挤公交上班挤公交下班，日子仿佛是棋盘里平淡的线条。

海归显然在楚河汉界之外，在局限的棋盘之外，拥有更加缤纷多姿的世界。但作为剩女的雅丽，并不想做孤独的败犬女王，毕竟深入岁月的孤独是可怜的，或许多少还有些可耻。于是，没有拒绝见面的雅丽，开始了又一次的尴尬的相亲。

海归的发型很时髦，内敛中散发着魅力，古龙水的味道若隐若现，而得体的穿着让小小的餐厅顿时有一种蓬荜生辉的感觉。当然，那样的光辉并不是真的存在，只是在雅丽的心底无限地膨胀。其他的食客，该聊天的聊天，该喝酒的喝酒，暧昧的情绪在各个角落散开。

侍应生拿着菜单，海归从容淡定地点餐，甚至没有咨询雅丽的想法。雅丽没有讲话，就像被父亲带去朋友家的小孩，安静地在一旁不言不语，用沉默表达着自己的乖巧。一样的饮品、一样的料理，甚至牛肉都是一样的七成熟，面对面的海归和雅丽像放工的男工女工，在再度开工前潦草地吃一顿快餐。潦草的不是西餐的制作，餐厅环境优雅，服务周到，只是雅丽的心情像不受控制的草书，写出了难以分辨的火星文。

就像晴朗的天空飘起不期而至的雨，或者突如其来的寒潮降临了火热的夏，暧昧的气氛被小小的细节搅局。雅丽忘却了之前小小的自卑，也忘却了不由自主的胆怯，她开始责怪乱点鸳鸯谱的亲友，也开始怀念家中自己小小的卧室，她宁愿在卧室的阳台上发呆，或者看看远处浩渺的江水。

海归留洋的背景和殷实的身家，都无法改写他是爱情菜鸟的事实。爱情有时很复杂，有诡秘的缘分，有外在的阻力，甚至要经历两地分隔的煎熬，才能携手走下去。爱情有时却很简单，点餐时开口问一问你的恋人，或许她要的并不是咖啡、韩式料理和七成熟的牛肉。

爱不会给菜鸟机会，爱情菜鸟要学会尊重恋人，需要一顿饭的时间还是一辈子，谁又说得清呢？

离你，只一个转身的距离

/宋煜

1. 或许这一切的一切，就是初恋的滋味

胡菜一直都记得第一次注意到夏树是开学两周以后的事。胡菜所在的高中需要住宿，而一直以来都是走读的胡菜对住宿生活还有些不适应。那种群体生活的嘈杂气味，那种喧闹的气氛，那种被烘托得愈演愈烈的寂寞，常常让胡菜在漆黑的夜里哭红眼睛。不过没几天胡菜就从这种低落的灰色情绪里走了出来。或者，女孩子就是这样，嬗变的心情像是六月天气。

心情一好转，便处处是风景。胡菜觉得自己像是脱胎换骨成了另外一个人。夏树那天正站在报栏前，张贴新油印出来的诗报，阳光很好，透过轻薄的泡桐叶子洒在夏树的身上。

胡菜就一直站在他身后看，夏树后退的时候踩了胡菜一脚，只不过轻轻地踩在胡菜的脚尖上。夏树赶紧转身说抱歉。胡菜看见夏树不好意思地笑笑，同样十六七岁的年纪，露出整齐的牙齿来，一副明媚模样。

后来知道他叫夏树，九六届十二班的学生。她还知道他不仅仅会写诗，诗报上的插画也是他配上去的。一直以来胡菜就喜欢这样的男孩子，安安静静，干净清爽，懂得读书写文，知道谁是村上春树谁是夏目漱石。

胡菜的班和夏树的班紧挨着，她每次下课都要出去，仿佛是怀揣着某种期待，特意从夏树的班门口经过，她总会有意无意地往里面瞥上一眼，那个她期待的男孩，若是看到了他，心里紧张得像是揣上了九只兔子，若是看不到，心里便像是被人丢进了一粒石子，那种空寂的感觉泛滥开来，一圈又一圈，让人喘不过气来。

夏树开始走到胡菜的梦里来，在那样的青葱年纪里，带着她熟悉的笑容，看着她。他们一起看烟花，霎时烟花腾空而起，而后又渐渐隐灭在黑暗里。胡菜忽然感到了一种隐隐的绝望，正在细细密密地牵扯着她的心。她睁开眼睛，看见的只是倾斜的月光。

2. 很爱很爱一个人，连望他一眼，都会心痛

一直以来胡菜就喜欢读书，喜欢三毛，喜欢张爱玲，也喜欢席慕蓉暖暖的诗句。她总是伤春悲秋，因此第一次看见夏树，胡菜的心就像被什么拽了一下。或许这就是佛在前世成就的那份尘缘——胡菜觉得他的笑容已经在她的梦里盛开

经年，因此现实中的再次相遇，像是对胡菜的一种温柔伤害。

后来在报栏前面见到夏树。夏树问，你喜欢读诗？

她的心怦怦直跳，嗯。她的声音很轻。

读谁的呢？夏树又问。但她没再吱声，她甚至都不敢看他了。

胡菜记得，三年来她并没有和夏树有过多的接触，但她心里对夏树的那份感情却一直没有变淡。

胡菜也觉得奇怪，善变的她对夏树的感情为什么能够一直那么坚韧。

毕业的时候，十九岁。她考上了北京的一所大学。而他考到了广东去。

她看见他拖着重重的行李往学校外面走，她跑过去，站到他的前面，她觉得自己有很多的话跟他谈，但看到他，又忽然不知该说些什么。她看着他，良久，她咧开嘴笑起来，说，夏树再见。夏树也微笑着和她说再见，他的脸上没有一丝的离愁别绪，却是一副踌躇满志的模样。

他看不见她的伤感，她十九岁的忧伤深深埋在心底，不为人所知。她一直站在他的身后看着他，甚至她想若是变做他的行李就好了，若是他可以把她也带走就好了。

胡菜在北京读她的大学，交学费的时候她看见一个人转过头来，冲着后面的女孩露出整齐洁白的牙齿，她觉得那个笑容似曾相识。她知道自己又想到夏树了。她在书上看到一句话：很爱很爱一个人，连望他一眼，都会心痛。胡菜想，这句话说得多好，哪怕望到的不过是他的背影。

只是她也清楚她是看不到夏树的。他和她远隔千里。

没有夏树，世界都是黑白色。

她千方百计地打听夏树的电话，最终从一个同学那里知道了。她第一次为他买了张 IP 卡，她知道 IP 卡还省钱些。

但是校园里的那些 IC 电话不能用 IP 卡，她得跑到学校里的小店铺里去打。那里每天都有成群的学生在排队。胡菜焦急地等待着，她太想立刻听到夏树的声音。但真的轮到她，刚才想好的台词便像是雨后的蚯蚓，在胡菜的脑海里纷纷出现，随即又乱作一团。她拿起听筒，不知道如何开口，她听到那个熟悉的声音。他说喂，你好，你要找谁？

她的声音甚至变得有些哽咽。她说，是我。

是你啊，那个爱读诗的女生。她听见夏树的话里带着欣喜，她的心都要跳出来。他还记得我，他居然还记得我啊，胡菜几乎要哭出来。

3. 明知道这是一场下不完的雨，你来了也没有用

她开始给夏树写信了。她在信中只写美好和愉快的事物。关于草的香味，舒畅的春风，月光，电影，喜欢的歌，感动的书之类。无关感情的。她把信放到好看的宣纸信封里。那是她找了很多的邮局才找到的。她在每个信封上都会手绘一些简单的图，有时候是朵百合，有时是一束鸢尾。

夏树也给她回信，薄薄的几张纸能让胡菜反复看好久。他的语气平淡，但她反复揣度里面的意思，生怕错过了某个温暖细节。

冬天。北京开始下雪，踩在雪上，发出咯吱声，像是胡菜心底里的寂寞声音。但因了夏树的信，这个冬天变得不再寒

冷。有很多的男生开始写信给胡菜，也有邀请她出去吃饭看电影的，其实在很早以前就有人对胡菜表达爱慕了，但都被她一一拒绝。

她只喜欢夏树，是的，从她的十七岁开始，一直到现在的二十岁。

她忽然决定要去看他了，从北京到广东的S城，三十三个小时的特快。大凡女孩的初恋都是这样的吧，为了那个第一次心仪的男孩，即便跋山涉水、飞越重洋也在所不惜。她第一次坐那么长时间的火车，她趴在拥挤的车厢的行李桌上给夏树写信。她说，我就要看到你了。夏树，从北方到南方，不远千里来看你了。

她想起《半生缘》里给世钧写信的曼桢来，但她不会像曼桢那样吝于表白，以至于错过半生缘分，空留怅然。她写完后放到宣纸信封里，决定在见到夏树后亲手交给他。

其实夏树过年的时候就会回到北方来。但胡菜太想念他了，她就是这么任性，想念一个人，就想立刻见到他。

她在车站，拖着行李给夏树打电话。夏树来了，她再次看见他的样子，半年多的时间，夏树变得黑黑的，也高了。

他说，你怎么会来？

她觉得很疲惫，坐在夏树的单车上，她看着南国高大的棕榈树，葱茏得像是梦境一般。

他们经过电影院的时候，电影院的门口贴着大大的海报。胡菜说，要不看场电影吧？

夏树很婉转地拒绝了她，他说今天晚上还有其他的事。

胡菜也没有嗔怪，能看见他就是好的，何况他没有忘记自己，胡菜甚至觉得坐在他的单车后座上已是很幸福的事了。

她轻轻靠在夏树的背上。

夏树说，你可不要睡着哦，会摔跤的。

南方的天气说变就变，开始下起雨来，但只是雨点，不是很急，夏树加快了蹬车速度。坐在夏树的车子后架上，胡菜忽然想起一首歌来。

忘记是谁唱的了。歌词是这样的：这是一场下不完的雨，你来了也没有用，你来了也没有用……

4. 杯子上的玫瑰花朵已凉，她依然等不到他

一到学校，夏树就让他的舍友来招待胡菜，他说社团里有活动，离不开他。胡菜的心里堵得慌，却又不能表现出来。她不远万里地来看他，他却不肯抽出一点时间来陪她。还好他的舍友对胡菜很热情。校园里的灯光亮起来的时候，夏树还没有回来，他的舍友提出要请胡菜去吃饭，可以坐在那里等夏树。那时外面的雨已经停了，露出红色的晚霞。

胡菜很爽快就答应了。他们坐在夏绿蒂，她说想给夏树打个电话，他的舍友就拿出手机来给夏树打。

她看着他拨出一串长长的、她觉得陌生的号码，原来夏树已经有了手机。

夏树说有时间的话他一定赶过来。夏树的舍友为她要了杯茉莉奶茶。我叫苏阳，他主动找话题。

她一直看着门口，盼望着他会出现。她的手握着杯子，可是杯子上的玫瑰花都渐渐凉了，她依然等不到他。

后来苏阳为她要了三鲜面、牛肉汤，胡菜却吃得毫无味道。

夏树一直没有来。后来苏阳要请胡菜看电影，但胡菜拒绝了。苏阳说电影很好看，是梁咏琪演的《心动》，胡菜心里想她当然知道是《心动》。

他们坐6路公交车回去。刚进学校就遇到了夏树，他正在和一个女生有说有笑。看见胡菜，他赶紧招呼，他让胡菜今晚到那个女生的寝室去睡，他还说今天学校的礼堂要演一出话剧，一定要去看，因为剧本是他写的。

胡菜对这部话剧还是有所期待的，她希望能看到她熟悉的情节。

但是整部剧和她一丁点关系都没有，是说一个大一的男生喜欢上他的师姐，很俗套的情节，却引来了台下女生们的尖叫，夏树在舞台上一副光芒四射的样子，甚至不时会有人往台上扔一朵玫瑰花。

胡菜就坐在第一排的位置上，离夏树那么近，她看见夏树飘忽的眼神一直没有落到她身上，那一刻，她又觉得他离她其实那么的远。

5. 她忘记是在哪个瞬间，不经意地踩了苏阳的脚

胡菜回北京的时候，夏树和苏阳都来送他，她冲着他们微笑，他看见苏阳用力地向她摆手，而夏树站在他的身后被他遮住了。

火车越开越远，但是胡菜一直没有看到夏树的脸。

她摸到那封写给夏树的信，她看到信封已经变得皱皱的

了，像是自己此刻的心。

胡莱回到北方后依然会给夏树写信，还是那种宣纸的信封，胡莱写好了，很用心地装进去，她还会在信封上手绘一些简单的图案。只是，胡莱觉得那个城市现在这样遥远，那段岁月比那个城市更加遥远。那个人呢，如在云端，他的脸庞躲在了一层雾后面，越来越远。

夏树的回信越来越少，甚至一两个月不会来一封。她给夏树写信，说收发室的门槛都快被她踏平了，但还是收不到他的信。

很快她就收到了回信，拆开却是苏阳的。

他跟她说他以前读高中的时候和她是一个学校的。他说他知道她喜欢看三毛的书，他说当时她个子很矮坐在第一排的位置，他还说她中午打饭的时候喜欢打红烧茄子……

后来她经常收到苏阳的信，但她从来没有给他回过。她想她喜欢了夏树那么多年，但为什么他总是离她那么遥远。

她想起以前的她，每天能在校园里看见他，便觉得是件幸福的事。她想起第一次给他打电话，她等了半个多小时，他却心不在焉地敷衍了几句。她想起为了他头发上的洗发水香味，她跑遍了所有的超市才找到了那种叫伊卡璐的牌子，自此这种味道在她小小的寝室里遍地开花。她想起她每次跑那么远为他买宣纸的信封，还很用心地绘上一些花朵的图案，每次都不尽相同……

可是他却一直都不曾在乎过。

她喜欢了他那么多年，从十七岁一直到二十三岁。她一直觉得只要她一直坚持，他总会离她越来越近，而现在她觉得他像是水上的浮萍，她的手指轻轻一碰，他却悄悄漂远了。

毕业后胡菜留在了北京工作。她第一天去公司上班竟然看到了苏阳，他的办公桌就在她的对面，他正在冲着她微笑。她觉得很亲切。

苏阳说起胡菜以前的往事，很多连胡菜自己都记不起来了，比如胡菜一次看诗报的时候不小心踩到了一个人的脚，她看见他，却没说对不起。

胡菜问，你怎么知道得这样多？

苏阳说，因为我喜欢了你那么多年。

了却心愿

/纪广洋

据一位心理医生说，绝大多数人都是带着这样那样的未了心愿离开人世的，所以死才显得那么悲伤、无奈和可怕。况且，大都是在自己的风烛残年、生命之火即将熄灭，或者是知道自己身患绝症、来日不多的时候，才纷纷想起那些在有生之年尚未了却的诸多心愿。

我有一位同学，三十来岁得了骨癌，当他做截肢（腿部）手术时，对来看望他的同学和朋友们说："我很后悔，别说大江大海、黄河泰山了，连附近的微山湖和青山寺我都未曾去过……"

我有一个亲戚，大半生酷爱文学，一直做着作家梦。为了实现这一最高理想，他常年大量阅读文学书刊，从古今中外的名著到每个时期的文学期刊，他只要能见到买到读到的，都绝不会放过。看摆设，他家里就像图书馆；听说话，他满腹经纶、文采飞扬。他光是长篇小说的创作计划就有好几部，可就是懒得动笔（对小文小稿他也看不起），长此以往就形成了眼高手低的习惯或说是毛病。从少年到白头，他也没写过什么成篇像样的文字，更没发表过什么作品。疾病缠身、古稀之年的他眼看着拿不起笔了，才怏怏地对我说：“书看得再多也没用，关键得消化吸收变成自己的东西……”

以上是那位心理医生所说的情况。还有另一种情况是，现实生活中人们常常把各式各样的心愿，因着各式各样的缘由深深地迟迟地埋藏在心底，直到失去实现愿望的机会和可能，才幡然醒悟。

我曾听说这样一个真实的故事，一名女战士深深地爱着她的一个战友，但由于部队上不准许谈情说爱，她不但没向他挑明心迹，还常常故意疏远他。有一天，刚升连长的他红着脸来到她的宿舍，手里拿着一本书，站在她面前不无局促地说：“后天，我就要上老山前线了，请你把这本书替我保管一下好吗？”当时，她心里想：这种情况还什么书不书的，你能上前线，我也能上前线，咱们就阵地上见吧。第二天，他又打来电话，还是关于那本书。她甚至有些不耐烦地在电话中对他说：“你放心吧，不就是一本书吗？如果丢了坏了我再给你买本新的！一个大男人，有什么话就明说呗，想见我还用拿书当幌子吗？”两人就这样挂断了电话，并先后走上炮火硝烟的前线。一个星期后，当他带领连队冲锋时，壮烈牺牲了。当团部收集烈士遗物时，她又想起了那本书，临上交的刹那，她随手翻了一下，这才发现书里夹着一个纸条，上面写着约会的时间和地点……

我有一位朋友，因为家庭生活拮据，在中学辍学后，为了“梦中的橄榄树”，毅然告别亲人和故土，走上了一条漫漫复漫漫的寻梦之路。他的最初想法是干番事业、挣些钱，以便好好孝敬自己的父母。可是，现实人生不像他想的那么一帆风顺，他在遥远的异地苦苦追求着、奋斗着……当他终于有所建树，衣锦还乡之时，父亲早已病故了，母亲也哭瞎了眼。他扑到母亲怀里泣不成声，他跪在父亲坟前呼天抢地……

鉴于生命的有限性、脆弱性和岁月的不可逆转性，及时地、尽可能地了却每一个心愿吧，哪怕不那么到位、不那么完美。

六岁的养家男子汉

/吉娃娃

天蒙蒙亮，翻斗车呼啦啦卸下一堆废石碴。

一个不足一米高的小男孩，老到地一挥手，却用稚嫩的童音说："那里边好像卸的也是石碴。"

男孩只有六岁，每天在这里砸石碴，捡铁丝。晨曦中，他上牙咬着下唇，弓着两腿，挺起肚子，奋力举起一个铁锤，"当当"地砸着一块石碴。

一下、两下、三下……石碴碎开一点；一下、两下、三下……石碴又碎开一点，铁丝的两端，依旧牢牢嵌在其中。他扔下铁锤，将它们重新放在石板上，牙齿咬着下唇，身体往后仰着，弓起两腿，挺起肚子，奋力举起大铁锤……

夕阳西下，"同行"叫他："帅帅，天要黑啦，下班吧。"

他看一眼天边的落日，说："要走你走，天黑了我再走。"

终于，天黑了。他麻利地将铁丝归拢进一个捡来的胶布口袋里，打上结，拴在小树棍的一头，撂在肩上，像个闯关东的汉子般一瘸一拐走向一条高低不平的小土路。

爬一个小土坡的时候，包袱散了，他重重摔了一跤，但旋即爬起来，两只又黑又瘦满是褶皱的小手，吃力地端着布兜向坡上挪。等在村头的奶奶，用没有手指的手勉强把包袱系好，自己要拿。

帅帅把棍子往中间一穿，说："不中，咱俩抬。"

他的家里，只有一张床，一口灶，一口锅，大部分地方都堆着一小包一小包的铁丝。这都是帅帅一天天捡回来的，有的三斤，有的四斤，有的五斤。运气好的时候，才能砸到五斤，可以卖五元钱。

爷爷瘫痪在床，心疼孙子小，不让他去。但是他犟，鸡一叫就出门。因为懂事的孩子知道，他是养家的"男人"。他不"出工"，爷爷、奶奶和自己就连玉米面馒头也吃不上。

可是，有一天，小帅帅醒来没起床。他发着严重的高烧，右小腿上长了一个毒疮，化脓发炎了。

奶奶带他去医院打吊针，花光了卖铁丝赚下的四百多块钱，恶疮却没治好。医生说，再不治得锯腿。爷爷奶奶想法借钱，小帅帅像当家男人一般阻止说："先停下，等有了钱再说。"

有人说，没钱先把你家房子卖了治病吧。他笑起来，小大人似的内行地说："那哪是房子呀。屋顶塌了、漏了，冬天，一刮大风，冻死人；晴天，人家晒猪粪，呛死人；夏天蚊子多，咬死人。"是的，那不是房子，是村里废弃的电屋。

但只要奶奶跟人说起他的身世——生下来三个月，妈妈走了，爸爸跟着杳无音信——成熟老练的帅帅，突然就低头、撇嘴，一脸要哭的表情。

尽管腿上的恶疮还在溃烂、化脓，但高烧退了。公鸡打鸣，东方既白，小帅帅又一瘸一拐地去矿场的石碴堆……

“上帝只是一时打盹，不会永远亏待他的子民。”一位善良的网友无意间发现了小帅帅，感动唏嘘之余，将他的生活拍成视频发到网上。立刻，这个六岁养家的小男孩，感动了网友。

无数的网友和好心人自发地集中起来，驱车去看望小帅帅，给他带去衣服、书和许多零食，为他捐款。小帅帅像只欢快的小鸟，面对镜头，时而露出羞怯的笑靥，时而调皮地扮鬼脸。那一脸的童真和快乐，跟他举锤子砸铁丝时简直判若两人。这时的小帅帅，才是真实的自己。终于，他卸下了生活强加在他身上沉重的外衣。

成佛不自在

/吕麦

佛殿前，有两块质地相同的石头。开始的时候，它们都是被人践踏的石阶。但是后来，命运却发生了很大的变化。一块石头被雕琢打磨成一尊佛像，供奉在殿堂，受到人们的敬仰膜拜，而另一块却原地未动。

有一天，躺在地下的石头抱怨说："咱俩本来是一样，凭什么现在人家跪着膜拜你，而踩踏我呢?"石佛说："当初，我经历千刀万剐，忍受一刀一刀雕刻的痛，才变成了今天的佛像。你能忍受这样的锻造吗?"

一座林木葱郁、险峻崎岖的深山里，每到半夜，便有一只灯笼鬼火一般蜿蜒曲折地游移着。灯笼朦朦胧胧地映现出细如羊肠、弯若盘丝的山径上，一个和尚匆匆行走的单薄身影，如山妖，似鬼魅。

和尚翻山越岭，登险境，潜深谷，一往无前。不论是淫雨之夜，狂风之夜，还是雪霰之夜……他在做一种叫作“千日回峰”的修行。这是佛教中最为严酷的修行。

出家人在山间养性的十二年中，必须花七年时间做此修炼。每天深夜一点半，离寺往深山中，不停地行走，每次得走完三十公里。前三年，各为一百天。第四、第五年，各为两百天。总计是七百天的时间。

第三年的时候，这个和尚就完全适应了山径行走。从山谷至山峰，又从山峰至山谷，他来来往往，如履平地，健步如飞。起初，和尚孤零零地在山中行走，感到孤寂难耐。渐渐地，他与山里的野狗成了朋友。一只黑狗和一只白狗，成了他的“陪练”。同时，他还感知到山径两侧花草、树木的生命活力近在身旁，和尚不再孤单。

不过，山里的“居民”并非都是善类。野狼和毒蛇等可怕的生物，时而对他发起进攻。和尚不能杀生，唯有拼命奔逃。

在和尚所住的寺庙门外，聚集着众多的信徒。因为，这天是和尚结束“千日回峰”修炼的日子。但也是更为可怕的修行开始之日。等待和尚的，是不知能否活着出来的“入堂”。聚集在此的信徒，都为和尚捏着一把汗。

“入堂”就是关在佛堂里，不停地诵经九天。九天内，要不饮、不食、不眠、不休，连躺一下都不允许。而这个和尚已经五十二岁了。“千日回峰”的修行，虽然已有一千二百多年的历史，但参加修炼的和尚都很年轻。年过半百的和尚，做此项修行还是前无古人。

“铛——铛——”，钟声在深谷间回响。和尚在入堂的钟声里，顺着陡直的石级登向佛堂。他的身影瘦小得像一个孩子。因为,在前七百天的修行中,和尚每天只吃两顿饭。每顿的伙食是一碗面条,半块豆腐,两只盐水土豆。而自入堂的前一周起,已减少到每天一顿,每顿一碗流质而已。

和尚沉静地步入小小的佛堂。笨重的堂门发出咔咔的闷响,紧紧闭合。和尚在一尊佛像前打坐,开始诵经。

第四天,和尚渐渐衰弱,四肢发凉。腕部和腿部出现紫斑。他自感身上有一股尸臭在游荡。为了消除尸臭味,和尚焚上气味更浓郁的线香。堂内强烈的气味使人眩晕。

第五天,和尚开始意识模糊,出现在山中行走的幻觉。他的脸色苍白得像蜡人。“就这样化成木乃伊,该多么幸福啊。”第八天,和尚产生了这样的心愿。他已孱弱到皮包骨的程度,但依然诵经不止。

第九天,喜悦之情使他振奋。和尚改变了主意,充满希望地对自己说:“我能活着出去。”

“铛——铛——”,钟声响彻深谷,这是和尚出堂的信号。信徒们高声欢呼。和尚顺着佛堂的台阶,安静而缓慢地走下来……完成这一系列严酷修行的和尚,从此,将被信徒们尊为活佛,予以供奉。他,就是日本著名的活佛酒井雄哉。

第三辑

芥蒂是一种草本植物

下辈子我们还在一起好吗?

/何君华

在朝阳刚刚升起的铁路广场,两旁低矮的树丛上,晶莹的露珠熠熠发光,微风透着淡淡的凉意,男孩和女孩并肩走在花圃旁。

女孩跟男孩说:"你爱我吗?"

男孩说:"爱。"

"你撒谎,你根本不爱我。"女孩气呼呼地说。

"那好吧,我不爱。"男孩看着女孩无理取闹的样子,无奈地说。

"你刚才说你在学校的时候记不起我的样子,是真的吗?"

男孩跟女孩在两所不同的大学上学,现在是他们阔别半年后第一次见面。可令人没有想到的是,第一次见面他们就拌起了嘴。

"是的,记不清。"男孩故意顺着女孩的意思说。

"那好吧,那你就是真的不爱我了。我们分手吧。"

女孩气呼呼地走了,留下男孩一个人呆立原地。

其实男孩的意思是说,两人分开太久,他天天想念女孩,都快要想不起女孩的样子了。

女孩真的就这样走了,没有回头。

接下来的几天,男孩就跟丢了魂似的,做什么事情都打不起精神来。男孩后悔当初为什么要故意跟女孩赌气拌嘴,而不是主动向她道歉,那样就不至于闹成现在这个样子。男孩不停地给女孩打电话,他现在只想跟女孩见一面,亲口跟她说声对不起。

可女孩就是不接他的电话,女孩这一次似乎是真的生气了。末了,女孩只给男孩回了一条短信:"你不要来找我了,我想一个人静一静。最近我会去趟都江堰,如果有缘的话,我想我们还会再见面的。"

男孩真的不知道自己做错了什么,整天精神恍惚地想念女孩,他多么希望女孩能够早点回来,和他重新快乐地在一起。

可是女孩再也没有回来。

那天是2008年5月12日,你知道的,那一场巨大的灾难吞噬了一切。

其实女孩哪里是真的要离开男孩,女孩知道男孩其实是真的爱她——男孩会在大街上主动蹲下来给她系鞋带,一到冬天女孩的手就会很冷,男孩会毫不犹豫地把她的手贴在脸上焐热……她只不过是赌气罢了,那天只要男孩在背后喊她的名字,她就会回来朝男孩微笑。可是男孩没有。她还特意在路口的角落等了他很久,但是男孩就是没有追上来。她这才真的生了气,决定要离开男孩一阵子,好好教训他一下。

可是这一别竟成了永诀。

时光真的过得好快呀,转眼一年过去了。来年的清明节,男孩在女孩小小的墓碑前放了一束玫瑰,眼泪终于止不住地掉下来,像决了堤的海。

亲爱的,我再也不惹你生气了,下辈子我们还在一起好吗?

品尝黑暗

/矫友田

法国巴黎市郊区,有一家名叫“黑暗滋味”的餐馆。

这家餐馆,无论从外面的门头设计、里面的装潢摆设,还是经营的饭菜、酒水,与其他普通的餐馆并没有太大区别。但是,唯一令人称奇的是这家餐馆在营业时,里面没有用来照明的灯,而且该店雇用的侍者,也大都是一些经过“特殊”培训的盲人。

当顾客一走进餐馆时,里面黑咕隆咚地伸手不见五指。这时候,那些热情的盲人侍者,就会轻松地把你带到适当的位置。而后,那些盲人侍者就会捧起那凸字版的菜单,慢慢地念给客人听,请他们点菜。

在这个四处充满黑暗的环境里用餐,客人不用顾忌自己的吃相是否文明,因为彼此都看不清;如果嫌刀叉麻烦,尽可以用手抓;整个餐馆里面溢动着一种微妙的声音:开启啤酒的声音，恋人窃窃私语的声音，被碰翻的酒杯声音，但是更多的是那些开心的笑声和惊讶的喊叫声。

在这家“黑暗滋味”餐馆里，曾经发生过许多有趣的事情。据说有一对感情濒临破裂的夫妇，在离婚之前，决定在一起吃最后一顿饭。他们为了避免尴尬，便选择了这家“黑暗餐馆”。可是，就在用餐的时候，妻子不慎被打碎的酒瓶划破了手指。丈夫一边安慰着她，一边疼惜地掏出手帕来，摸黑为即将与他分手的妻子包扎伤指。当他俩一起走出餐馆的时候，她发现他的一个手指也在朝外渗着血，原来刚才他急于给她包扎伤指，自己的手指触在了那些玻璃碴上。不知为什么，她竟紧紧地抱住了丈夫……

有一些记者慕名来采访这家餐馆的老板，问他：“你为什么要开办这么一家独特的餐馆呢?”老板意味深长地说：“只有品尝过黑暗，才能真正感受阳光的珍贵。”这是一句普通而耐人寻味的话语。因为轻易得到，所以我们不经意间就会疏忽了阳光的恩惠。也许，在生活之中，我们应该适时地找一个“黑暗”的环境；把自己浮躁的心灵置于其中，品味一下寂寞和孤独所带来的惶惑，让心灵重新澄澈至真诚和宽容里。这样，当我们再次走出“黑暗”的时候，才会加倍珍惜头顶的阳光。

走近启明星

/荞小麦

1

父亲总是觉得对不起我——他的无能，扼杀了我的才华。

他知道我聪明，是块画画的好材料。可只懂得土里刨食的他，纵使母鸡一样疼惜我，拼尽全力也只能给我一个清寒的“窝”，或者在我受到那些嫉妒我的大块头孩子欺负时，张开“翅膀”保护我。

父亲起早贪黑，苦撑苦挨，撑到我读高中毕业。虽然，他不说什么，但我一看见他那张四十多岁却似七十岁的“老”脸，和已经佝偻弯曲的腰背，便不好意思再说出参加高考的话，同样绝口不提画画的事儿。

“没有好背景，只有穷爸爸”，我知道，即使考取大学又有什么用呢？那不过是在父亲的疲惫身体和心灵上，再压上一块沉沉的磐石。而画画，谁都知道很费钱，却看不到什么时候才能开花结果，就像那首歌里的"兰花草"。

毕业考试结束那天，我和那些平时被列为"没有希望的家伙"做了同样的事——把课桌上所有跟纸有关的东西，直接送到村头的废品收购站，得来的两元钱，给父亲买了一包"大前门"。我不想再看见书籍，怕撩拨起心底蠢蠢欲动的颓废、凄凉和哀愁。

我把烟孝敬给父亲，父亲没有半点欢喜。我只好打破沉默，告诉他，明天我就是家里的劳力了，可以跟他一起下地刨红薯、伐树。他的头埋得更低，眼睛不敢看我，哆嗦了半天，撕开烟盒，抖抖索索点着，吸了一口缓缓说："你这身子骨，跟女孩差不多，下不得地的。再说，你也不是种地的料。明儿，你跟我去山上林子里伐些树卖了，我去求乡长，安排你进个厂子。"

2

我进了镇上的服装厂。

大概乡长跟他们说过，我是个会画画儿的"秀才"，所以被安排在技术科，每天的工作就是绘制一些简单的服装图纸。一年后，我当上了团支书。我以为，日子会一直在这样的平淡无奇中悄悄过下去。

没想到那个美术作品中光着屁股，长着翅膀，拿着小箭的孩子，对着我的心窝射了一家伙。不过，不是金箭，而是钝到痛死人的铁箭。

她是厂办新来的打字员，不漂亮，但爱笑，很温柔。办公室热心的大姐们都说，我俩“玲珑小巧”，正是天造地设的一对儿。我父亲得了这个信息尤其开心，虽然种地、栽树比以前更加辛苦，却忙得踏实。他说，三年内要给我盖上新房，娶上爱我的、我爱的好姑娘。

然而，“毛脚女婿”第一次上门，就遭到了她父亲的冷眼。这个拥有千人大厂的经理，轻易地了解了我家祖宗八辈的历史和状况，用职业的笑容对我说：“我耳闻你是个小有才气的年轻人，很欣赏，可是……可是……我也是个父亲，才气、爱情，不能当饭吃，更不能当衣穿。请你理解一个做父亲的苦心，远离我女儿。”

他的话似春风化雨，骨子里其实是一根橄榄球棍，把我从爱情的浪漫伊甸园击回到残酷现实。原来，没有背景、家世的“少年维特”，是没有恋爱资格的呀！

3

假装冷淡她，我割肉般地痛。但不如此能怎样呢？

单位的“冒号”亲自做我的思想工作，明确表示：如果这事不止，闹出“红拂夜奔”的佳话，谁都不好交代，况且我还必须注意自己的形象，我是团支书。

我只能独自挣扎在痛苦中，还要尽力装出薄情和冷漠，让热情似火的她死心。唉，生不如死，却又不敢回家，不敢告诉父亲。

一年后，她跟一个“富二代”结了婚，是她父亲钦点的“驸马”。办公室同事全都去了指定的大酒店喝喜酒。我呆呆地看着桌上的红底烫金请柬，觉得那是血，我心里喷涌出来的血。我怕自己一个人待下去疯掉,会用裁纸刀割开手腕,让整个房间都为她的婚礼铺上红地毯……慌忙中,我拿起外套,钻进夜色,躲进一间网吧,兽一样舔舐自己的伤口。

我把键盘敲得打雷般响,在网上乱窜乱晃。鬼使神差地,南京艺术学院的招生简章,像一个明媚、艳丽的女子跃入我眼帘。有人说"失恋最好的药方是进行下一段感情",好吧,我就追逐这位新的"恋人"吧。

接下来的几个月,我一头扎进花了十倍的价钱,从废品站捡来的书堆里,复习、复习……走火入魔一般,一个声音总在我耳边呐喊:考取艺校!学画画!那些日子,所有人都避开我,以为我精神失常了,我的眼睛是红的,眼圈是黑的,胡子拉碴,头发蓬乱得像喜鹊窝。我不去理会,也不去解释,除了书本,我强迫自己不去想别的。

八月底,我如愿以偿,接到了省城的入学通知。我悲喜交集,恨不能立即辞职离开这个伤心之地。但我必须面对现实,没有了这份工作,我的学费从哪里来?虽然微薄的工资对学费而言,只是杯水车薪,但强过没有。

4

我成了半工半读的大学生。没有课的时候,就认真工作;有课的时候,提前一天把工作做好,全力以赴地学习。

那时,小城到南京的火车,只有上下午各一班。每每都是凌晨披星戴月地搭车去,坐在教室外面打个盹儿,九点开始进教室上课。晚课结束后,已经错过了回去的末班车。住旅社?想都不敢想,我的一日三餐,都控制在五毛钱一个的面包。

常常地，在长庚星高高挂在天边的时候，火车啸叫而又炫目的灯影里，你会看到沿着火车奔跑的方向，有一个伶仃的单薄身影，背着书包和画夹茕茕而行。无论寒暑冬夏、刮风下雨，还是冰天雪地，他永远穿着同一双张了嘴的旧皮鞋，且没有袜子……

经过五年的长征，我终于要毕业了。学校有一年的时间，让我们专心准备毕业画展。有的同学结伴去风景优美的景区写生，还有的富家子弟请来模特寻找灵感。我也在苦苦思索，没有美景当前、没有激发灵感的模特，我该画些什么？去哪里画？最终，我把灵感的源泉锁定在老家门前的荷塘。这里有野性和灵性的荷花，并且不需要旅费和经费，只要便宜的颜料和宣纸。

毕业画展上，我羞答答地展出了一幅自家荷塘里没有见过世面的荷花，还有一幅父亲天天出力流汗的瘦山、树林……和一堆风光旖旎的琼山仙境、凹凸有致的“夏娃”相比，我的作品就是卑微的“村姑”。我寒酸地想：不管了，我只是尽力完成我的毕业答卷。

或许，我的艰辛和坚持感动了祖师爷，我的《晨曦荷花图》居然获得了画展特等奖。接着，又被院领导送去参加全国画展，获得一等奖。我被留校任教，而且学校还分给我一间二十平方米的宿舍。

我听见我心底有个孩子仰着头“咯咯咯”笑了。朦胧中又看见，无边的夜色里，一个孑立的身影跟着火车的影子奔跑——跑着、跑着，就接近了启明星。

寂静的诺贝尔奖

/何君华

每天早晨,你会看见一位蹒跚的老人准时出现在罗马市郊的欧洲脑研究所,下午,她的身影又会出现在市中心的非洲妇女教育基金会。

你肯定想不到,这位老人就是美籍意大利裔女细胞学家、1986 年诺贝尔生理学和医学奖获得者丽塔·列维·蒙塔尔奇尼。那年她已经一百零一岁了,尽管年事已高,列维·蒙塔尔奇尼依然坚持每天辛勤工作。

再来看看另一位老人的生活。2009 年 10 月的一天,天气跟往常一样好,七十六岁的美国印第安纳大学教授埃莉诺·奥斯特罗姆平静地来到了自己的办公室,时间是早上九点,跟昨天的上班时间丝毫不差。接下来,她就开始着手自己今天的工作——为学生们授课两小时,却丝毫抽不出时间来理会那些拿着“长枪短炮”对着她的媒体记者。记者们之所以如潮涌来，是因为在昨天，埃莉诺·奥斯特罗姆刚刚被授予2009年诺贝尔经济学奖，她也是该奖设立数十年来唯一一位获此殊荣的女性。

时光倒转十二年。1997年10月，美籍华裔科学家朱棣文被宣布因发明用激光冷却和俘获原子的方法而获得诺贝尔物理学奖。在获知得奖的当天，朱棣文仍平静如常地去给学生们上课。他说："当我想到还有更多的优秀科学家，特别是比我强的科学家还没有获奖时，我自然就不应该把这项奖看得有多重，我只是运气比较好而已。"

无独有偶。1973年，帕特里克·怀特被宣布获得诺贝尔文学奖，成为澳大利亚历史上第一位也是迄今为止唯一一位诺贝尔文学奖得主。当在自己家中的农场得知这个消息后，怀特只是笑了笑，接着，他一摆手，说："诺贝尔文学奖不会使我的生活有任何改变。"然后就拎着鱼竿钓鱼去了，留下一堆记者瞠目结舌地呆立原地。

行文至此，让我们不禁想到了20世纪初的伟大科学家居里夫人，她是迄今为止唯一一位两度荣膺诺贝尔奖的女科学家。然而，即使是在第二次捧起诺贝尔奖章之后，她依然是那么平静如初，依然心如止水地从事着手头的工作，她甚至把自己的金质奖章给孩子当玩具玩。爱因斯坦说："在我认识的所有名人里，居里夫人是唯一不为盛名所颠倒的人……""她是一尊不被荣誉腐蚀的塑像，矗立在时间的广场上，昭示着公心。"

我们也终于明白，花环与掌声终究是虚浮的，荣誉与财富也算不了什么，诺贝尔奖其实是如此寂静。

为对手偷偷鼓掌

/朱晖

1997 年，享誉世界足坛的名帅范加尔接手了巴塞罗那队。当时，队里有个年轻的助理教练，前任主教练向范加尔推荐说："这是个不可多得的人才，希望您可以留用他。"范加尔考察了一段时间，开始渐渐欣赏他，没想到他却提出离开，理由是一支小球队邀请他当教练。范加尔说："你应该留下来，这里有更大的舞台、更多的见识，有利于你的长远发展。"年轻人同意了。此后，范加尔着力栽培他，他也谦虚好学，几年后，学成出师，成为另一家球队的主教练。

2010 年 5 月，范加尔带领拜仁慕尼黑杀入欧冠决赛，他万万没有想到，对方的主教练正是多年前那个追随他的年轻人。年轻人如今也已是大名鼎鼎的足坛名帅，他叫穆里尼奥。人们都说，欧冠冠军的分量堪比世界杯冠军，范加尔和穆里尼奥都曾率队夺得过一次欧冠冠军，此番无论谁再次捧杯，都会成为带领两支不同球队夺冠的人，荣耀至高无上，必将写入史册。

赛前，关于“师徒对决”的报道铺天盖地，范加尔和穆里尼奥当然深知，这一战对他们而言意味着什么。5 月 23 日，决赛正式打响，双方球员皆使出浑身解数，展开了动人心魄的较量。不得不承认，穆里尼奥经过多年锤炼，已经脱胎换骨，指挥艺术炉火纯青，战术安排严密精准，最终令人信服地打败范加尔，在万众瞩目中“黄袍加身”。

徒弟打败了师傅，而且是在一场关乎足坛地位的欧冠决战中，电视镜头频频摇向范加尔，人们以为会看到一位失落、沮丧、愤怒的老头，但是，范加尔始终一脸平静，站起身来与败下阵来的拜仁球员挨个握手、拥抱。颁奖仪式开始后，当穆里尼奥率队高举金杯，肆意狂欢时，范加尔没有暗自神伤，也没有拂袖而走，而是把拜仁球员聚集到一起，然后走向自己球迷的看台，向远道而来的球迷深深地鞠躬致谢。当穆里尼奥双手叉腰，意气风发地站在球场中央，接受数万球迷的膜拜时，电视镜头再次寻觅范加尔，然而范加尔却突然消失了。没有人知道，范加尔此时在做什么。

赛后，记者找到范加尔，问他颁奖仪式后去哪儿了。范加尔没有直接回答，而是说：“我与穆里尼奥为大家奉献了一场伟大的比赛，他的球队配得上胜利，我祝贺他。”记者又问，本次失利对您和球队是不是一场灾难？范加尔摇头，说：“输球不可怕，输人才可怕。我们虽然输了比赛，但我的球队和球迷始终以良好的素质展现在公众面前，勇敢地面对失利，这令我很欣慰。”

没多久,一张范加尔为穆里尼奥鼓掌的照片赫然出现在各大体育媒体头版。原来,那天范加尔突然消失,是因为他躲到电视转播镜头之外,真诚地替穆里尼奥鼓掌。一位有心的记者悄悄拍摄下来,这才揭开了谜底。

长江后浪推前浪,或许如日中天的穆里尼奥终将超越年逾古稀的范加尔,但穆里尼奥却说:“范加尔对足球的理解和境界值得我终身学习,他虽然输了比赛,却没有输掉风度、输掉理智、输掉尊严、输掉精神,这一切意味着他必将赢在未来,我会永远敬重他。”

芥蒂是一种草本植物

/蓝莓

1

那天，田歌兴奋地把艾小未拽到那棵香樟树下，眸子闪着光亮，咬着她的耳朵，急切而短促地说："小未，告诉你个秘密，你可不能说出去哦。袁牧说……他喜欢我！"

虽然艾小未努力挤出一个笑容，欢喜地说："是吗？真的呀？"但她心里却笼罩了一层灰暗，就像正午的阳光投射下来的香樟树阴影。

袁牧的名字，一直是她们内心深处共同的、甜蜜的秘密财富，一旦谁点破，就什么都没有了。所以那一瞬间，两个无话不说的好朋友之间，突然生出了蛛丝一般的细密隔膜。

2

隔膜就是隔膜，再细再透明也无法忽视。

艾小未相信，她们之间的一些事情，有的是这样开始了，而有的却是这样结束了，也许再也回不到香樟树下的从前了。

可是，一个无聊的午休，田歌忽然走过来说："哎，小未，我们到香樟树下坐一坐吧。"小未不能拒绝。于是她们又走在一起了。

沉默了一会儿，小未看到田歌欲说还休的样子，就问："田田，有什么事吗？"

田歌顿了顿，细声细气地说："你知道吗，学校要举办演讲比赛了，我想代表班级参加，可是……"田歌的话变得含混、扭捏起来，捡起一片树叶反复地揉来揉去。

小未着急地说："你到底怎么啦？有啥事就说嘛。"

"我想……我想……"田歌一连说了好几个"我想"，才说，"小未，你帮我写演讲稿，好吗？是帮我写。"田歌盯着小未的眼睛，强调着"帮我"两个字。

小未犹豫了几秒，点头，表示答应了。因为她想，田歌是在恳求她，且又是多年的好朋友。总不能因为袁牧的事真的反目成仇吧，何况大人们都说"君子有成人之美"呀，她得把那点心思藏在心底。

3

小未用一个晚上的时间写出了演讲稿，署名是田歌，且用黑笔重重地描过，非常醒目。

很快，这篇演讲稿在同学中间传阅，并获得了极高的评价。尤其，袁牧的“文采斐然”四个字评价，简洁有力，委婉贴切，令小未感动得心里就像有一条清澈见底的小溪，在温暖地流啊流啊……这仿佛是做了好事不留名后的欣慰和自得。十六七岁的女孩，活在赞美中是多么重要啊，尽管大家崇拜的是田歌，可执笔者是自己呀。

接着，小未被田歌邀请参加她的演讲排练。小未也就积极地参与，并对田歌的声调、表情以及配乐，给出自己的见解和建议。排练了几天后，大家觉得效果超级棒，于是都非常兴奋，想象着正式演讲时的那份激越和荣耀。

这时，坐在一边的小未突然说：“我觉得，有句话要改动一下。就是把‘最终我们将走到一起’，改成‘我们的灵魂将最终走到一起’。”这显然是个微不足道的改动，大家都表示同意，但田歌却突然沉着脸说：“我都记熟了，不能改。”

“不行！必须改！有些时候，相知的朋友未必都能在身边，只有他们的灵魂在一起。”小未的固执，让大家一时觉得怪怪的，彼此望一望不知缘由，只能不置可否地安静下来。突然，一个声音说：“这样改比先前精准！”

不用看，小未知道那是袁牧的声音。心，被信任和伤感所击中，突然有一种想流泪的感觉。其实，一直以来，她想得到的，就是这种心有灵犀的应和与默契。

不料，田歌走过来，一手搭住小未的肩说：“要不，你先走吧。我们……再讨论一下。”小未有些气愤，冲田歌无声地笑笑，眼睛看着桌角，肩膀轻轻一耸，待田歌的手滑落下去，向其他同学点点头，拿起书包，快步走出了排练室。她想，自己写好稿子交给田歌，就该远离，何苦要等到她“鸟尽弓藏”呢。

4

尽管那天起，艾小未时常刻意回避着田歌和袁牧的身影。

可是，今儿，在那个窗台上，当田歌把一张写好的纸条匆忙又慌张地塞给袁牧时，艾小未是装作看不见的，且把身子扭过去，转着钥匙圈上哆啦A梦玩偶的小帽子，一遍一遍，一下一下，像是和尚捻着佛珠，提醒自己，淡定、淡定、淡定……

上课铃响的时候，艾小未才无精打采地夹在人群里走进教室，匆忙中，不知被谁搡了一下，手里的历史书“啪”一声摔在地上。就在艾小未蹲下来捡书的瞬间，猛地怔住了，那张貌似眼熟的纸条就在她鞋尖儿前头躺着呢，一个角还在微微颤动着，像是秘密怕被发现，又像是在炫耀。艾小未来不及多想，旋即用历史书将它罩住。

课上，艾小未神不守舍地在“汉武帝”威严的注视下，用右手在掌心将纸条搓成一个小细卷儿，紧紧地攥着。她比以往任何时候都盼望着早点下课，快点放学。虽然，她没有想好，怎么处置这个纸条。

可一跨出教室门，她就后悔起来，对于他俩的事，自己是明明装作看不见的，为什么又要不明不白地搅进来，这情书让别人捡去，不是更好吗？自己这样做，到底是为什么？是无法面对他俩在一起的事实，还是无法面对自己暗恋袁牧这件事？

袁牧，一想到这个名字，艾小未就感到一阵心悸。她得承认这个事实，她是真的陷进去了，是那种挣脱不开的“痛并甜蜜着”。这就是爱情的滋味吗？多么寂寞，多么痛楚，多么无奈和无助啊。艾小未想着，不自觉地失落和不安起来，难道今天捡起纸条，是想窥探他们的秘密，是不是有点可耻、不够朋友？可换位思考，他们还需要自己的友谊吗？意识到这一点，艾小未立刻有了种冷冷的眼光和心肠。

5

对于早恋，已经不是什么允许不允许、正确不正确的问题。它的麻烦在于规则是明显的——会使当事人陷入足够的尴尬、压力和惶恐之中。因为很少人会认可少年的感情，虽然大人们也曾经年少过，但他们总是以如临大敌的心态对待这个问题。

艾小未相信袁牧和田歌之间的纯洁，但另一个念头又狰狞地冒出来，我为什么要替他们开脱？他们凭什么这样全然无知、心安理得地接受我的包容和保护？如果友谊这张网被撕裂了，也是他们背叛了我。

想到“背叛”这个残酷冰冷的词语，艾小未觉得自己受伤了。这个纸条或许是上帝赐给她报复的机会。是的，每一个早恋的人，都应该尝尝被爱情冲昏头脑的滋味。这就叫代价，爱的代价。

有了幸灾乐祸的愤恨，艾小未的脚步不由得加快了，手心里渗出了黏黏的汗。她走的这条路，正是通向老师办公室的路。“告密者”三个字跳进脑海里来，让她多少涌起一点伤感。是竞争和背叛教会她生存和回击的本能，可是这又背离了她身上更为本质的东西：善良、宽厚、事不关己、退一步海阔天空。仿佛有一只无形的手，从身后扯住她。艾小未一个激灵，有一种想转身逃离的感觉。她根本不想把这变成老师、家长指责田歌的话柄，更不想让田歌遭受来自同学间的轻视和白眼。可……我凭什么要为他们着想呢？

6

就在艾小未踌躇、犹豫时，看见了正从办公室走出来的田歌。

两双眼睛碰在一起，没有跳开。但因场合的关系，显得有点陌生和尴尬。艾小未下意识地攥紧纸条，让它潮乎乎地黏在手心。

“我知道你为什么来。”田歌看着小未说。

“为什么？”话一出口，小未就后悔，觉得自己缺乏不动声色的镇定。

“袁牧刚走掉，我们分手了。”田歌的声音虽然很平静，但小未听出了几分灰暗。

小未沉默着。田歌继续说：“你知道吗，他和我在一起……很压抑。我以为是你出卖了我，把事情都告诉了他，关于演讲稿的事。所以，我上午写信告诉他真相，并提出分手，以维护我最后的自尊。我不想让你们……鄙夷我。”

风轻轻吹着，但小未并不觉得凉爽，田歌说的那封信正在她手心里汗津津地攥着。她低下头，心虚地想：对于一个女孩来说，没有比让自己心仪的男孩看轻更要命的事了。而田歌用这样的方式对袁牧坦白，是一种几乎没有退路的孤注一掷，甚至还有点壮烈的冒险精神。但她的做法，她理解并敬佩。也许，这是好朋友之间才有的心领神会，没人可以替代。

“可现在我知道了，你没有。”田歌接着说，“没有因我的虚荣而出卖我、揭穿我。谢谢你。”

刹那间，小未心里生出了一种惭愧和隐隐的痛感，用沉默的眼睛望着田歌，虽然有强烈的冲动想告诉她一切，可什么是一切呢？为什么她们之间会产生如此巨大的隔阂和误解？友谊和秘密真的是一把双刃剑啊。

当艾小未和田歌手挽着手，用体温告诉着彼此的心意时，一切的解释似乎都显得那么多余。她们走着，想着，说着，那些亲切的日子正慢慢走近，也会渐渐走远。

那些女孩之间的小恩怨、小秘密、小较量，就像阳光下的落叶，发着光，发出会心的笑，终会成为特别的纪念。

留下一路人生美景

/王磊

在美国一家公司里，人们正在不停地忙碌着。

李泽楷正在办公室里工作，突然，一个同事怒气冲冲地从外边快步走到李泽楷面前，狠狠地把一个文件夹摔在了他的办公桌上。

“我让你帮助整理数据资料，你看看你出了多大的错！我给了你那么多原始资料，只需要你系统地整理一下就可以了，可你却连这么一点任务都无法完成！今天你必须给我一个解释！”面对咄咄逼人的同事，李泽楷什么也没说，只是拿起文件夹仔细地翻阅了起来。

这时候，办公室里所有的人都把目光投向了这里，大家放下手头的工作，目不转睛地看着这里突然发生的一切。大家都知道这个正在发火的人是公司里的老员工，而李泽楷则是刚刚从大学毕业的亚洲人，两个人被安排到了一组，作为搭档一起在做一个项目，看样子是李泽楷在工作中出了问题，所以老员工才冲着他大发脾气。

李泽楷仔细看完文件夹之后，忽然想到了什么，刚要和自己的搭档说话，却听见对方不停地在嘟囔着："今天真是倒霉透了，就没有一件顺心事，一会儿还要参加董事长亲自主持的会议。真是让人不顺心！"李泽楷发现同事的情绪非常焦躁，胸口还在快速地起伏着，他犹豫了一下，想解释什么但却什么也没说，只是淡然地冲搭档一笑："对不起，数据是我做错的，我现在就帮你修改过来！"说着，李泽楷立刻动手修改起了数据，对方今天显然是脾气不太好，在一旁时不时地冷嘲热讽说上几句。搭档的态度的确有些恶劣，就连旁边的同事们都有些看不下去了，过来劝了几句，搭档才渐渐平静了下来。

李泽楷修改好数据之后，微笑着双手将文件夹礼貌地递给了搭档，对方皮笑肉不笑地咧了咧嘴巴，转过身大步流星地离开了办公室。看到了刚才那一幕之后，大家都觉得即使是李泽楷做错了，他的搭档发脾气发得也太过分了，于是便纷纷走过来安慰了他。李泽楷仍旧是优雅平静地感谢了大家的好意，然后继续忙着自己的工作。

第二天，来上班的同事们忽然发现，李泽楷的搭档正涨红着脸，一步步慢腾腾地向李泽楷的座位走去。大家以为这同事又要因为昨天的事情发飙，连忙伸长脖子密切地关注着这里发生的一切。

让所有人都没想到的是，搭档走到李泽楷身边之后说的第一句话竟然是："对不起！昨天的事情是我错怪你了！"正在所有人都不知道到底发生了什么事情的时候，搭档继续红着脸向李泽楷道歉："昨天回到家里整理工作资料的时候，我才发现我给你的原始材料上的数据就是错的，这件事情是我的责任，我却错怪了你，请你原谅！"

直到这时，大家才知道到底发生了什么事情。李泽楷仍旧很有风度地笑着安慰对方："没事儿，谁还没有出错的时候呢？"搭档忽然像鼓起勇气一样问李泽楷："昨天我就感觉你似乎有话要说，是不是昨天你就知道出问题的不是你而是我？"李泽楷微笑着点了点头。大家都纳闷地看着他，不知道他昨天为什么不直接说出来。

"昨天的你肯定遇到了一些不顺心的事情，情绪已经快失控了，不管那时候我说什么，恐怕你都不会听进去。不仅如此，你当时马上就要参加董事长主持的重要会议，如果我那时候和你争论起来，恐怕你会带着一肚子的火气去开会，这样的状态很难说不会在会议上给你惹出什么麻烦来。何况，原始的数据资料我们俩都有，事情的真相很快就会浮现出来，我只是暂时忍耐了一下，能帮你顺利地把情绪控制下来，从而保证了你在重要会议上不出差错，这样不是很好吗？"

李泽楷说完，搭档眼含热泪地拍了拍他的肩膀，感动得半天没说出话来。这时候，同事们都被李泽楷的气度和胸襟震撼了，大家冲着他纷纷竖起大拇指。

后来，李泽楷离开美国回到香港，原来公司里的很多人都成为他的追随者和好朋友。当有人问这些人为什么甘愿放弃现有的富裕生活，而去一片完全陌生的土地上跟随一个初出茅庐的中国小伙子打拼的时候，李泽楷当年的搭档回答道："什么样的人才能做成什么样的事，李泽楷这样优雅大气而又懂得为别人着想的人，肯定能干出一番事业，我们是被他的人格魅力吸引来的，能够追随这样的人，是我一生的骄傲！"

后来，李泽楷的确不负众望，年纪轻轻便打拼出了一片属于自己的天地，甚至被人誉为"小超人"。善良的李泽楷在人生的道路上体谅地帮助过很多人，这些被他帮助过的人后来都成为他坚定的支持者。这样一个具有人格魅力的人，又怎能不成功?

在人生的旅途上，人们前进的方式并不一样。有的人只是奔着名利的目标急匆匆地赶路，而有的人则在前进的时候随手在路边撒下善良体贴他人的种子。于是，当走了很长一段人生路之后，大家忽然发现有的人身后的道路仍旧黄沙遍地，而有的人身后善良的种子早已长成了似锦繁花。于是，前一种人的人生荒凉无趣，后一种人的人生则已经成为一幅人生美景。

别总急匆匆地赶路，留下一路人生美景的人，才拥有最美丽最成功的生命。

去摘离地最近的果子

/梁阁亭

“要摘离地最近的果子。树顶上的大果子是很好看也很好吃,但是摘的过程中很可能摔死。越简单的模式越容易成功。”在杨宁的娓娓叙述中,时光回转到十一年前。1999 年 6 月,二十四岁的杨宁获得美国斯坦福大学电机工程硕士学位。这时,美国好多单位向他抛出条件诱人的“绣球”。抉择的当口,杨宁听到了关于总统克林顿的一件事。克林顿上高二那年,作为所在的阿肯色州优秀学生代表去白宫,见到了肯尼迪,并握手合影留念。克林顿将这张照片放到自己的床头,一睁眼就能看到。之后,他就有成为总统的想法了。1992 年 11 月 3 日,克林顿成功入主白宫,成为美国第 42 任总统,并于 1996 年 11 月再次当选。

这张照片改变了克林顿的人生轨迹,也给了处在人生十字路口的杨宁创一番大业的勇气。从不缺少自信的杨宁被克林顿这种精神深深感染，这件事触动了他内心深处的创业梦想，激情澎湃的他决定勇敢地朝着梦想的金字塔一步步迈进。最后，他舍弃美国的优越待遇，毅然回国创业，与周云帆、陈一舟共同创办了 ChinaRen. com，并出任公司首席技术执行官。1999 年 6 月至 2000 年 9 月，当第一次网络浪潮来临，互联网寒冬开始了。杨宁的 ChinaRen 不可避免地被推到了风口浪尖。生死攸关的十字路口，杨宁权衡利弊，将一手创办的公司卖给搜狐。这是一个让杨宁终生难忘的日子，但他进取的信念之灯不但没有熄灭，反而更加明亮。

海明威的名著《老人与海》中，老渔夫圣地亚哥勇敢地与强大的自然奋勇抗争，“一个人可以被打倒，但不能被打败”。这是强者发出的声音，杨宁就是这样的强者，乐观、向上、坚信自己一定会再次成功。2002 年，不服输的他再一次蓄势而起，亲自掌舵，扬帆起航，创办了中国手机娱乐第一品牌——空中网，并担任集团总裁。豪情万丈的杨宁在公司黑板上写下“新浪、搜狐、网易、腾讯”四个互联网大鳄的名字，然后在后面加上“空中”两个大字，对自己的团队无比坚定地说：“相信吧，我们以后将是和他们齐名的公司！”

2004 年 7 月 9 日，空中网在美国纳斯达克挂牌上市，成为中国企业从成立到纳斯达克上市所花时间最短的公司，二十九岁的空中网总裁杨宁也成为纳斯达克上市公司中最年轻的创始人之一。失败是成功之母，这句话能够被人们多次提起，自有它的道理。现在看来，第一次算不上特别成功的创业最大的回报就是：为杨宁的第二次创业提供了极有价值的经验。“斯坦福大学教育给我最大的帮助就是自信，从不害怕失败，然后学会从失败中总结，迎接更大的成功。”杨宁一脸灿烂的微笑。

思路决定出路。就好像走迷宫一样，如果像一个无头苍蝇一样，没有计划性地寻找出口，那最后肯定不行。现在，杨宁属于投资比较多的人，但他又无比清醒，“一个创业者在一个特别严峻的环境下，第一件事就是先别乱动，先思考，然后列出计划根据计划有步骤地去寻找门，或者去砸这个洞。这是创业者最需要干的。所以说，思路清晰，知道自己该做什么，不该做什么，是成功的创业者必备的因素之一。”3G 时代，杨宁将目光锁定“手机搜索”，向传统的网络搜索发起挑战。另外，他还投资了十几家 IT、新媒体领域的新兴企业，比如专业做网络电影的“风行在线”和专注于手机电视芯片及系统解决方案的创毅视讯。在杨宁办公桌对面，挂着一幅巨大的油画，画面上，一位略带羞涩的少女坐在床沿上，外面明亮的二月午后阳光照亮了她那满是皱褶的破旧衣裳，也照亮了她的内心世界，她的双眼充满了希望。这幅油画是我国当代写实派画家艾轩的代表作《二月的午后》，这是杨宁三年前花了三百六十三万元在一次拍卖会上购得的，也是他得意的投资项目之一。

温家宝总理说过：信心比黄金更重要。有信念的追梦人，他的梦想在空中扶摇直上，升腾化龙，自由飞翔。三十四岁的杨宁，在十年时间里，终于炼出一把适合自己的剑，这把剑的名字叫信念；十年时间，于荆棘中踏出一条适合自己的路，这条路的名字叫成功。

转身就是方向

/刘克升

在巍巍群山的环抱之中,有一条四五米宽的小河蜿蜒流淌。我们此行的目标是:从这条小河的源头出发,抵达小河与另一条河流的交汇处,全程考察小河的流向,绘制小河流程图。

小河的源头位于一座无名的山涧之间。从山涧出发,向东行进,此时东面是我们的前面,也就是我们前行的最终方向。顺着小河的流向,我们从西向东行进了十几公里的路程,前面突然出现了一个不起眼的小山坡。山坡虽小,却阻断了小河前进的步伐,机智的小河调转头来,温柔地依附着小山坡,不动声色地拐了个弯后,完成了转身的动作,缓缓地向西回流了过去。

随着小河流向的转折,我们也随之掉头,转身西行。西面,即原先我们的后面,现在又成了我们的前面。小河向西回流了大约有五六公里的路程，前面出现了一片村落，地势自西向东倾斜了下去。站在附近的制高点，我们发现小河流到了这里以后，绕着那片绵长的村落划了条优美的、闪亮的弧线，沿着西高东低的走向，重新向东流了回去。

我们追逐着小河新的流程，再次掉头并转身，东面也再次成为我们的前面，成为我们前进的方向。向东继续前行了十多公里后，小河终于找到了出口，潺潺地流淌着，汇入了另一条河流。

站在河流的交汇处，同行的老孙感叹着说："河流是我们的老师啊！当人生走到无路可走的时候，也许转身就是方向……"

我对老孙的话深有同感，并且联想起了另一件事情：家乡的野蚕的行踪也具有类似河流转向的特征，当它们自下而上吃光了一个枝条上的树叶后，总会转过身去，将后方变成前方，将来路视为出路，重新出发，去寻找下一个蚕食与生存的空间，不断占据新的枝条。

另外，在一个偶然的机会里，我又听到了英国物理学家克里克转行的故事。二次世界大战期间，克里克在英国海军部从事水雷研究工作，为战争的胜利立下了汗马功劳。但是，在战争结束后，当时的物理学界刚刚经历了相对论和量子力学两场伟大的革命，物理学已进行到了常规发展阶段。克里克敏锐地意识到，在物理学领域内，短时间很难做出大的动作来，而生物学相对来说还是一个有待开垦的广阔领域。在这种情况下，克里克果断地放弃了自己熟悉的物理学领域，毅然掉过身来投入了生物遗传学的研究工作中去。后来，通过不懈的努力，克里克与另两位生物学家共同发现了DNA 双螺旋结构，于 1962 年同获诺贝尔生理医学奖，成为当代最伟大的生物学家之一。

如果不具备善于转身的灵性，细小的河流也许永远不能汇入大海；如果不具备及时转身的本能，弱小的野蚕也许没有足够的能量化蛹成蝶；如果不具备果断转身的胆识，克里克这个名字也许现在已经被世人所遗忘。

有时候，转身就是方向。当被高山阻隔，被天堑拦截，无法直接逾越极限的时候，我们不妨尝试着转一下身，方向的转换，也许可以助你另辟蹊径，从另一个角度通向成功之路。

第四辑

送你一把温暖的伞

不要老等闹钟催

/刘克升

我有个为闹钟定时的习惯。每天晚上临睡前，总是将闹钟的响铃定在六点三十分左右。

前些日子，母亲进城来看我。每天早上，闹钟一响，当我睁开眼睛的时候，总是发觉母亲早已坐在了我身边。看到我睁开眼睛后，母亲总是轻轻地拿过闹钟，将定时开关关掉，然后继续坐在我身边，微笑着、慈祥地端详着我，直至我开始起床才起身离开，去为我准备早餐。

洗刷完毕后，我非常幸福地吃着母亲为我做的早餐，禁不住问母亲："娘，你每天起床为什么那么准时啊？"母亲仍旧微笑着、慈祥地望着我说："我从年轻的时候就开始注意培养准时起床的习惯了！不像你们年轻人，老等闹钟催，就是有了闹钟催，有时候也会睡过头。闹钟嘛，容易养成一个人的惰性。儿呀，我看你还是改一改吧，不要老等闹钟催……"

“不要老等闹钟催”，母亲的话使我感到了一些不好意思，也使我想起了自己以前使用闹钟定时功能的一些经历：有时候是闹钟的闹铃响了，关掉定时开关后，一看还有点空闲时间，想眯眯眼再睡一会儿，结果这一睡就睡过了头；有时候是闹铃已经响了很长一段时间，自己才猛然惊醒，继续听着闹铃坚韧不拔的骚扰，这才意识到起床很可能已经迟了很久了，耽误了自己做事情的时间或者时机……

“不要老等闹钟催”，母亲的话说得很实在，也很有道理，发人深省。老等闹钟催的行为，给惰性的入侵提供了空间，确实是一种需要改正的习惯。

静下心来想一想，闹钟也可以比喻为我们起床的一个外力。有时候，借助外力可以起到提升自己的实力、加速自己行程的目的。但是，如果过多地依靠外力，一味地等待外力对自己的启动与助跑，有时候反而不如自己直接发力启动得快，也不如自己直接发力对目标的冲击力大。依靠外力，毕竟是添了一个缓冲的载体，隔了一段距离，多了一个过程。

“不要老等闹钟催”，起床是这样的，依次类推，做事情也是这样的。对外力过多的依赖，很可能会给你的人生带来负面影响。比如在公司里，对自己的一些分内的工作，总是要由自己来做的，要注意培养立说立行、日事日毕、独立完成的习惯，不要老等着领导这只“闹钟”去催，不要老想着借同事的外力去完成，以免领导、同事对自己有看法。再比如在家庭或社会中，总会有些对亲人、对朋友的承诺，承诺一旦出口了，不要老等着亲戚、朋友这只“闹钟”去催，要胸有成竹，及时、及早地兑现自己曾经的承诺，以免失信于亲戚，失信于朋友。

“不要老等闹钟催!”凡事要多一些主动,少一些被动;多一些积极,少一些懈怠;多一些行动,少一些观望。积极向上的人生,才是充实的人生。

五十步和一百步

/周海亮

中学的时候，我有一位画画的朋友。那时候我们常常凑到一起画静物水粉画，或者在星期天的时候跑到野外写生。那时候我们的愿望，就是将来都能够成为一名画家。最起码，也要从事与美术相关的职业。

后来我们一起报考了师专美术系，却分别在初试和复试的时候被淘汰。记得那段日子我们的心情很灰暗，仿佛世界彻底抛弃了我们，一切都失去了意义。我们常常探讨的一个问题就是，要不要把画画继续下去？

后来由于种种原因，我们一起考上了职业高中，又一起毕业，分配到一个山区的酒厂。我们都做着和美术毫不相干的事，每天，两个人都累得腰酸背痛。现实与梦想差距太大，似乎我们只能够接受现实。

的确，那时我们已经不再外出写生，只是偶尔在宿舍里摆一组静物,动两下画笔。后来他终于连静物也不画了,他说他打算彻底放弃。我问他,难道你还想在这里干一辈子吗?他说不是。我说难道你不想找个和画画有关的工作,把爱好变成职业吗?他说当然想,可是现在我们还有机会吗?我说只要我们坚持画下去,或许就会有机会。他说如果把画画的精力放在别的上面,比如攻读一下酿酒方面的专业书籍,难道不可以在这方面有所突破?我说难道你喜欢酿酒?他说不喜欢。可是没办法,好像现在只剩下这一条路了。顿了顿,他无奈地说,我被现实打败了。现在,我正在溃逃,你也是。我说我承认我们现在的确被现实击败了,也的确是在溃逃,可是我们不能够败得太彻底,换句话说,我们不能够逃得太远。否则将来万一有了机会,我们都会错过。他笑了,他说,是这样,我彻底不画了,等于退了一百步;你和画画现在还藕断丝连,等于退了五十步。你听过五十步笑百步吗?其实我们都一样。我说我听说过,但五十步和一百步肯定不一样,假如退五十步能够暂时摆脱困境,那么,我肯定不会退到一百步。退得越远,给自己将来的反击留下的机会就会越少。他说你想反击吗?我说难道你不想?他想想,说,我也想,可是我还是打算先在厂子里混个一官半职,然后想办法调出这个山区酒厂。我甘愿退到一百步,甚至更远。万一将来真有可以画画的机会,我再想办法就是了。

就这样,朋友彻底告别了他的画板和颜料。而我在星期天时,仍然闷在宿舍里画静物。

三年后一家韩国独资服装厂公开招收服装设计师,我意识到这是一个机会,得到消息的时候,距考试的日子只剩下一个星期。我把这个消息告诉朋友，朋友也非常兴奋。可是我们只有一周的时间，一周能干什么呢？只能匆匆复习一下有关的理论知识。

朋友那时候已经升到车间主任了。我问他，你去考吗？他说当然去。为了能够画画，他可以放弃眼前的一切。

可是我考上了，他却没考上。因为当他重新拿起画笔时，他已经找不到丝毫画画的感觉。尽管他很想画好，可是在考场上，他还是画得一团糟。我离开酒厂那天，他去送我。他说你说得对，你退了五十步，而我退了一百步。我退得太远，错失了反击的机会。我可能一辈子都不再有机会画画了。他显得很失落，因为一个人一生中所能拥有属于自己的机会，毕竟太少。错失了，谁也不知道以后还会不会再来。

生活给了我们太多无奈。当现实打败梦想，我们常常不得不暂时放弃梦想，甚至溃不成军。可是在你战败时，当你不得不撤退时，请记住，五十步和一百步，绝对不一样。假如一百步是失败的终点，那么，退到一百步，你就不会再有任何机会；假如五十步和一百步都是你休整的兵营，那么，当你反击时，五十步的机会，肯定要比一百步多得多。

我想说的是，永远给梦想一个机会，不要撤得太远。

王安石的另类智慧

/朱国勇

北宋庆历七年,江南地区阴雨绵绵,从三月一直下到九月,田里的庄稼颗粒无收,受灾的地方有一百二十七个县。米价接连上涨,到了十月,米价就由原来的每石四百文涨到一千五百文,老百姓苦不堪言。

江南各州府官员一面向朝廷请求援助,一面强力抑制米价惩办奸商。一旦发现有人哄抬米价,轻则没收家产发配充军,重则就地斩首。靠着这种雷霆般的手段,江南地区的米价终于稳定下来,维持在每石五百文左右。

但是在东南沿海,一个当时叫鄞县(现在的宁波市鄞州区)的偏远小县里,却有一个很另类的县令,不但不抑制米价,反而发出公文,以政府的名义硬性规定:鄞县境内米价每石三千文!

这位大胆的县令,就是历史上鼎鼎大名的王安石。

一时间,宁波境内民怨沸腾,尤其是一些普通百姓骂得最厉害。因为米价太贵,不少人家只好举家食粥。米商们则欢呼雀跃,发了大财,他们纷纷知趣地给王安石送来金银。对此,王安石来者不拒,一一收下。偶尔有外地的商人忘了敬献金银,王安石就派师爷前去讨要。

时任杭州知府的吕向高听说了这事,怒不可遏。只因碍着王家世代为官,实力强大,而王安石本人又是海内名士文人领袖,这才暂时没有追究。吕向高心想:等宁波闹得不可收拾,再去发落王安石吧!也免得自己落下妒贤嫉能不能容人的骂名。

没想到,由于陕西一带连年大旱,朝廷已经赈济多年,如今国库空虚,对江南的雨灾一时无力救助。到了第二年三月,江南市面上几乎已经无米可卖。黑市上,米价出到五千文一石,还常常有价无市。大量饥民开始涌现,不少人举家外迁。每天都有许多人饥饿而死。昔日风景如画的江南,一时哀鸿遍野,凄凉一片。

与此形成强烈对比的是,宁波境内米粮充足,人民生活安定。原来,全国各地的商人听说宁波米价高昂,有利可图,纷纷把米贩到宁波。宁波的老百姓虽然一时间将多年的积蓄消耗殆尽,却几乎没有出现饥民。对于无力买粮的人家,王安石就发给银两救助。

后来,宁波的米粮越积越多,渐渐供大于求。商人们已经把米运来,不好再运回去,只好就地降价销售。米价竟然慢慢降回到了一千五百文一石。

同江南其他地方比起来,宁波简直就是个世外桃源。

原来，江南不同于陕甘等贫弱地区。这里历来富庶，不仅鱼米丰饶，而且商业十分发达，普通人家几十年下来也小有积蓄。因此，乍遇荒年，人们需要的只是粮食，就算米价高，俭省一点，也能坚持一年半载。

吕向高这才发现，王安石真有一套，实在是高。他马上嘉奖王安石，并通令江南各地提高粮价，每石三千五百文。

商人们一听，大受振奋，纷纷竭尽所能，马拖驴运水陆并行，从全国各地源源不断地把米贩到江南来。江南民众家财散尽，但终于渡过了这一劫。

私下里，吕向高曾责怪王安石：有这么好的办法，为何不早点告诉我？王安石苦笑着说："朝廷年年在陕甘一带赈灾，稳定米价早成惯例。我一个小小的七品县令，人微言轻，就算说了，大人您能听我的吗？"吕向高听了，点头称是。

经此一事，王安石声名大振，从此平步青云，成为北宋一代名臣。

哈得孙河奇迹

/感动

2009 年 1 月 15 日 15 时 26 分，全美航空公司一架载有一百五十五名乘客的空客 A320 客机从纽约长岛拉瓜迪亚机场飞往北卡罗来纳州夏洛特。

就在飞机起飞五分钟，刚刚爬升至约九百米高度时，突然撞上了鸟群。驾驶飞机的副机长看到，挡风玻璃上瞬间布满了棕褐色的大鸟，随后，左右发动机都停止了运转。机组人员马上向地面指挥中心发出紧急呼叫：飞机遭遇“双重鸟击”，两个引擎均无法运行，客机难以返回机场，情况万分紧急。对于这种突发状况，地面指挥中心也束手无策，他们要求飞机迫降到最近的新泽西州泰特伯勒机场。危急关头，有着多年飞行经验的机长萨伦伯格坐到了驾驶位置上。他迅速作出判断：由于飞机飞得太慢、太低，情况迅速恶化，返航或前往邻近机场都不可行，按指令去做的结果只有一个——

飞机坠毁,一百五十五名乘客全部罹难。更可怕的是,弄不好还会使飞机坠落到人员稠密的区域,造成更多的人员伤亡。

时间一秒一秒流失,不可预知的可怕结局正疾速临近。

萨伦伯格十四岁就拿到了飞行执照,在美国民用航空公司当飞行员之前,他曾在空军服役六年,主飞战斗机,曾学习过如何维持机组有效运行、应对危机等心理学课程,懂得如何在压力下应变。

正是这些经历,让他在危急关头选择了驾机向距离最近的哈得孙河河面上空滑翔,"水上迫降,是所有乘客的唯一机会。"萨伦伯格凭经验得出结论。

为了抚慰情绪波动的乘客,萨伦伯格还镇静地与大家通话,他告诉大家说:"不要怕,飞机一定会安全降落,请大家将双脚平放于地,低头且伸手保护自己的头部。"

水上迫降看似安全,但是因为水面具有镜面效应,水上迫降的方向、距离和高度都很难掌控。首先要避免悬于机翼下的引擎触水,这样飞机就不会产生"急转弯"和解体,引起爆炸。同时,飞机又要以最低速度接近水面减少冲击力,接着以机身后部接触水面,最终让飞机缓缓降落。但这一切都要在几秒钟内完成。更危险的是,河道同公路一样,上面有许多渡轮、驳船和其他货船,稍微避让不当,便会造成悲剧。

所以,对于两个引擎都突发故障的飞机来说,保证飞机在降落时能够安然无事无异于"天方夜谭",一切全要凭借飞行员超乎想象的心理素质和良好的驾驶经验。但是想到飞机上的一百五十五条生命,萨伦伯格无暇多虑,飞机已滑向河面。

这天下午，NBA 球星卡特正在哈得孙河边的公寓里休息，当他透过玻璃窗欣赏哈得逊河上的景色时，他看到了毕生难忘的一幕：一个庞然大物从天而降，如同一只大鸟滑翔在河面上，他揉了揉眼睛才发现，这是一架客机。

由于萨伦伯格控制恰当，客机坠河后没有立即沉入河底，而是一边在水面上打转，一边顺着水流往南漂移，这给救援提供了宝贵的时间。纽约市消防部门电话报警后，消防车不到五分钟到达了事发现场。河对岸的新泽西州威霍肯市警察、消防队员和医疗救护人员也在几分钟内到达。

救援行动在有条不紊地进行着，共有十四艘轮船参与了救援行动。后来不少轮船闻讯赶来，发现救援工作早已井井有条地展开，于是选择在远处观望，以免添乱。

飞机落水后越久就会下沉得越快，很多危险情况都有可能发生，但是，机长萨伦伯格依然坚守岗位到最后一秒，尽管被告知所有乘客已经获救后，萨伦伯格依然一个人在飞机的客舱内巡视了两次，当确定所有人都已经离开时，才走了出去，上了救生艇。

一位乘客与萨伦伯格同坐一个救生筏离开飞机，他看着萨伦伯格时，眼泪几乎滑落下来，他抓住他的手说："我真的非常感谢您，希望能代表所有人感谢您。"但萨伦伯格语气平静地说："没关系。"

这天下午，萨伦伯格给妻子打了一个电话，他语气平静地告诉她说："刚刚发生了一个小事故，现在已经完事了。"

在这次紧急迫降中，由于萨伦伯格应变迅速，科学驾驶，最终使客机避开纽约人口密集的街区，无损坠落于哈得孙河，使机上一百五十五人全部获救。这也使萨伦伯格成为新的美国英雄，人们争相传颂他的名字。

纽约州州长戴维·帕特森称这起无人遇难的“空难”事件为“哈得孙河奇迹”。

方是性格，圆是智慧

/清风慕竹

明人海瑞，自号“刚峰”，两个字便形象地道出了他刚直不阿的性格。只要是看不过眼的事，不仅贪官污吏他敢参奏，就是皇帝老子他也照骂不误。嘉靖四十五年(1566年)二月，海瑞以六品的芝麻官，向嘉靖皇帝呈上了《直言天下第一事疏》，他慷慨激昂地写道：“嘉者，家也；靖者，净也。嘉靖嘉靖，家家净也！”气得皇帝直哆嗦。在历史上，一个忠直之士，倘若又难逢明主，那他能活下来的机会十分渺茫，而海瑞却是个例外，尽管他一生也并不顺利，却得以善终，推究起来，在他恪守“方”的性格背后，也不缺乏“圆”的智慧。

海瑞于公元1514年生于海南琼山一个贫穷的家庭中，三岁时便没了父亲，母亲一个人担负起了养育和教育他的责任。海瑞的母亲和当年的孟母一样，对孩子的教育极为重视，从幼年起便让他读《孝经》《尚书》《中庸》等圣贤书，小海瑞也渴望像其他孩子一样玩耍嬉戏，但只要冒出玩耍的念头，就会遭到母亲义正词严的一通教育，“有戏谑，必严词正色诲之”。由此也形成了海瑞正统、刚直的性格，只是这样的性格在他初入官场时便遭遇了挫折。

海瑞担任的第一份公职是福建南平的教谕，相当于现在的县教育局局长，那时他已经四十岁。有一次，延平府的御史到南平县视察工作，照例要往孔庙行香朝典，海瑞带着两名教官早早在庙堂迎候。在当时的官场上，下级迎接上级，一般都要行跪拜之礼，所以当御史大人进门后，随同的两位教官都跪地相迎，可海瑞却站着，只是略略作揖而已。三个人的反差非常鲜明，两边伏地弯弓，中间一杆高耸，俨然一个笔架——海瑞自此便留下了“笔架博士”的雅号。御史大人走南闯北，显然没有见过这么不懂规矩的人，大怒，训斥海瑞不懂礼节。海瑞不卑不亢地回答说：“到御史您所在的衙门里，当行部属礼仪，这个学堂，是老师教育学生的地方，不应屈身行礼。”碰到这么一个既死板又较真的下属，御史大人虽然怒发冲冠，却也无可奈何。不过诚如诗人陆游所说：“汝果欲学诗，功夫在诗外。”在学校之外的地方找海瑞的碴儿，御史大人多的是办法。他处处使绊子，事事下套子，弄得海瑞左支右绌，狼狈不堪。海瑞一气之下，就写了辞职报告，撂挑子不干了。好友朱镇山听说了，赶紧劝他，千万不可因为争一跪之礼擅自离职，四十岁才弄个公务员身份不容易，遇到小小挫折就负气而走，经不起磨砺，还怎么实现自己的政治理想呢？

这件事给海瑞上了很好的一课，要在风气恶浊的官场混，单凭一股正直忠勇之气是远远不够的，还得开动脑筋，以智取胜。

开了窍之后的海瑞，很快就把这一思想活学活用到了现实之中。海瑞升任浙江淳安县知县，有一天，总督胡宗宪的儿子路过此地，接待人员按海瑞规定的标准为其提供食宿，这与一路走来远接近迎、大吃大喝外加红包的风光大相径庭，胡公子一怒之下把负责接待的驿吏捆绑倒挂起来，鞭打训斥。海瑞得知消息，马上带人把这个气焰嚣张的胡公子抓了起来，然后面容严肃地对众人说："胡总督为官堂堂正正，他一直教育属下不要铺张浪费。现在这个人行装奢侈，一定不是胡总督的儿子。"下令将他棒揍一顿，关进大牢，并没收了他搜刮来的数千两银子，充入国库。之后，他又提笔给胡总督写了一封信，说您向来最重操守，对子女以及身边的人看管得很严，现在有这么一个人竟然敢冒充您的公子，在这里混吃混喝，胡作非为，我已经把他拿下，想跟您核对一下，并请求指示。弄得胡总督哑巴吃黄连，有苦说不出，只得打掉牙往肚里咽，不了了之。

又有一次，都御史鄢懋卿下基层视察，他可是大奸臣严嵩手下的红人，沿途官吏们自然不能错过这个高攀的机会，纷纷破格接待，只要领导高兴，花多少钱是不在乎的。鄢御史长年搞纪检工作，对官场风气自然烂熟于胸，为显清廉，他发出告示说："本官素性简朴，不喜承迎。沿途饮食供帐，都应俭朴为尚，毋得过为华奢，侵扰百姓。"话是这么说，鬼都知道是说给谁听的，所以鄢御史的大队车马所到之处，无不呈风卷残云之势。眼见就要到淳安县了，海瑞心里也很着急。

淳安财政紧张，根本拿不出那么多钱来，倘若只搞个四菜一汤来接待，肯定脱不了怠慢之嫌。思虑良久，海瑞计上心来，他又修书一封，派人快马送给鄢御史。信上说：您是天下第一廉官，过州过府，轻车简从，从不增加地方负担。但现在有些人专门败坏您的名声，说您每到一地“各处皆有酒席，每席费银三四百两，供帐极华丽，就是溺器也用银器之具”。这把我搞糊涂了，究竟哪个是真，哪个是假，请您明示，我好做准备接待。一席话像是打了鄢御史一记火辣辣的耳光，做不得声，还不得不对传言解释一番，又表扬了海瑞几句，只是他为了图耳根清净，干脆借口公干，绕道而行。惹不起，还是躲得起的。

正直的操守，倘若没有圆滑的智慧，海瑞不要说乌纱帽，恐怕几个头也不够杀的了。就像他大骂皇帝的上疏，尽管他抬着棺材上谏，做好了必死的准备，其实他在奏疏中，还是颇费了一番脑筋的。开头，他大唱赞歌，猛灌迷魂药，“陛下天质英断，睿识绝人，可成尧舜禹”云云，后面的话虽然刺激了些，但说得还是入情入理，嘉靖皇帝开始有些脸红耳热，直呼“把他给我抓起来”，之后还是把奏疏看了好几遍，一会儿叹息，一会儿摇头，忍不住对身边人说：“海瑞这个人有比干那样的忠烈，我却不是商纣王，我不会杀他！”

以海瑞直来直去的性格，他是反对弯弯绕的所谓官场谋略之术的，但再有棱角的石头，也禁不住溪水的打磨，只不过海瑞的圆润从未失去刚直的内心。那一段段至今让人荡气回肠的逸事，让他“海青天”的光环格外熠熠生辉。

一把伞的温暖

/一路开花

混乱的暴雪忽然掩盖了北京的喧嚣。我躲在温热的窗内,铭记这一刻窗外的宁静。

远处施工楼盘的升降机惊扰了我的清梦。那些在大楼上慢慢蠕动的工人,像一根根坚实的火柴,用微弱的光点燃了这个原本一如荒漠的城市。

楼下新开了一家快餐店,八元一份自助餐,这是我在北京见过的最便宜的快餐店。很快,许多为经济所迫的外乡人流进了这个陌生的餐馆。

我时常能看到一帮满身泥垢的汉子说笑着朝我所在的楼房走来。他们吃饭的样子偶尔让人感到心疼。他们兴许也觉得自己吃得太多,不大好意思,到后来起身时,也只是悄悄地舀饭,不再加菜。

老板是个微胖的中年女人,圆脸大眼,看起来平易近人。

她从来不会因为这些工人的饭量而黑脸皱眉。身在异乡的工人们都从心眼里感激她，暴雪盖天，仍不顾风寒，走一段艰难的路来这儿吃饭。

餐馆店面太小，只能容纳二十来人。工人们向来都是坐在店铺对面的空地上吃饭，他们尽可能地腾出位置，希望能给这位善良的老板留住新来的顾客。

暴雪当天，女人扛来了一把大红伞。饭前，工人们从工地上抱来了工具，将伞焊在了露天的餐桌中央。女人去附近的商店买了包烟，每人发了一支。工人们笑了，坐在红色的大伞下，喝酒聊天。

第二天中饭时，狂风吹断了伞骨，飞扬的白雪迅速激怒了新来的客人。女人一面抹着油手从店铺里赶出来，一面带着笑脸道歉。

几个老实的工人搁下碗筷，转身去了楼盘工地。白雪依旧飘洒，他们来去约莫需要半个时辰。

客人不断拥入餐馆，此刻正是吃饭的时间。店里的工人不停地叫喊，缺了老板，显然忙不过来。可老板不能脱身，她此刻正紧紧地稳着那把摇摇欲坠的大伞。不到片刻，女人的额头上渗出了细密的汗珠，在狂风中举伞可比打菜累多了。

旁边两个吃完饭的工人说，大姐，我来吧，你进去打菜。女人尴尬地笑笑，说了声谢谢。新来的客人很快找到了座位，他们对工人的举动很是不解。

一位外套稍微洁净的工人说，让我来吧，我衣服干净些。举伞的工人互相看了看各自的衣服，笑了。他们迅速退开，将这个艰巨的任务交给了这位衣衫最为整洁的工人。

顾客一面吃饭,一面抬头打量这位肤色黝黑的工人。工人虽然一直无奈地低着头,却始终不愿松开双手。他像一个站岗的哨兵,紧握着手里的钢枪。

赶去楼盘的工人们很快回到了餐馆。此刻安坐伞下的顾客们,终于明白发生了何事。他们端起自己的碗筷,自觉退到了大楼的屋檐下躲雪。

轰隆隆的机鸣声震动了寂寥的冬天。我坐在窗内,目不转睛地盯着那把被放倒的红伞。

这把脆弱的大伞,为在天寒地冻里忙碌的人们撑起了一片短暂的温暖。

连枝的红石榴

/吉娃娃

自从老婆死后，黄队长地也不好好种，日子也不好好过，要么喝酒骂人，要么守着后院挂满果子的石榴树边哭边说话。村里人都说他疯了，娃娃们见到他都怕。

可刘美红这毛丫头，居然“太岁”头上动土，摸进他家后院，偷了六个火红的大石榴。就在她准备逃走时，黄队长老鹰捉小鸡似的提溜起她。石榴滚在地下。他一看，是连枝石榴，瞪圆了眼大吼：“啾啾，到灶房拿根绳子来。”

黄啾啾恳求：“爸，放了她吧。她下次不敢了。”可黄队长不听，扯两根葡萄藤，把刘美红绑在枇杷树上。

刘美红家在村里人缘好，早有人通风报信。她那参加过越战的爸爸拄着拐杖，一瘸一颠地来到黄家。

黄队长冷冷地挡回刘爸爸递来的烟说：“你是怎么教育女儿的？居然偷东西！”

刘爸爸赔着笑说:“是是是,是我管教不当。你要多少钱,我赔。”

黄队长雷公似的吼:“谁稀罕钱!啾啾妈活着的时候,最喜欢石榴,尤其是连枝石榴……我绝不允许任何人动一动,哪怕是啾啾。”

最终,刘美红石榴没吃着,吃了一顿“拐棍烧后座”。

他爸下手可不轻。他是当着黄队长的面,咬着牙打的,就像在战场上打敌人。他那条瘸腿上有一个子弹打穿的洞,每天需要换药。一到阴雨天,就疼得寝食难安,使他有点坏脾气,刘美红一旦惹事,他缺乏耐心,就用拐杖打她。但他对左右邻居却很好,他因他的三等功,享受全额医疗保险。因此,村里谁家大人、小孩,有个头疼脑热、感冒发烧,都找他要药。

刘美红吃了一顿打,不敢恨爸爸。虽然恨黄队长,又不能拿他怎样,只有找黄啾啾报仇。

刘美红上学,不敢再像别的娃娃一样,走黄啾啾家门前的那条近路,而是绕一条麦田埂,再走上通往学校的水泥路。

她在学校操场看到了黄啾啾,还发现她在初一(3)班,于是,坏坏地笑了。

放学路上,黄啾啾经常莫名其妙地被弹弓上的小纸团、路边的小石子击中,“啊哟啊哟”尖叫,或者脚下冷不丁“蹿”出一条“蛇”,吓得她哇哇大哭。然后,四周一片嘲笑——那是一截烂草绳。

“小心她告诉她爸。”有娃娃提醒。

但她爸没找过任何娃娃的麻烦。倒是刘美红的课桌上,三天两头地会有个小纸包,有时是一串葡萄、一个石榴,有时是几个枇杷。

一天,刘美红拦住黄啾啾。黄啾啾紧张得有点发抖。刘美红说:"我天天让人捉弄你,你咋不告诉你爸?还……给我吃的?"

"我……我……我不想让你爸再打你。"黄啾啾绞着手说。

刘美红低下头,挥手,让黄啾啾走。黄啾啾说:"美红,你别再走田埂了,万一被蛇咬了咋办,你就走我家门口吧。我爸不会找你麻烦的,我保证。你要是不信,我明天起,天天在门口等你。"

可是,第二天,第三天……黄啾啾失言了,而且学校也见不到她人影。刘美红听她的同学说,黄啾啾生病了。

星期六早上,黄队长又在石榴树下逮到刘美红。她衣服、裤子的口袋鼓鼓囊囊。他喝令她把偷的果子掏出来。她哆哆嗦嗦地把一些胶囊、药片盒子搁到地上,打着战说:"黄叔叔……我听说啾啾病了……"

啾啾在发烧且咳嗽。黄队长给她吃了退烧药和枇杷叶子煎的汤,还是不见好。

刘美红说:"叔叔,你把啾啾背到我家去。我爸爸懂。"

刘美红爸爸说,啾啾是害"痄腮"(腮腺炎)了,一边让美红去请乡医院的李医生来给啾啾挂水,一边让美红妈妈将仙人掌去皮、捣烂,细心地敷在啾啾耳根后。

啾啾在刘家待了一个星期,病好了,人胖了。黄队长来接她。刘美红把啾啾藏在房间里。刘美红的爸爸说:"她俩好得跟一个人似的。我老婆收啾啾当干女儿了，她比你会照顾她，放心吧。”

黄队长找了份工作，休息时来刘家看啾啾，她和美红总是手牵手，头靠头，像一对连枝的红石榴。

有没有人记住你

/姜钦峰

清代大才子袁枚是个性情中人，他曾刻过一枚私章，上面刻有七个字：钱塘苏小是乡亲。南齐时，杭州有个名妓苏小小，聪慧过人，色艺俱佳，无数王公贵族为之倾倒。但她偏偏爱上了一个穷书生，并赠银百两，助他上京。没想到，书生竟一去不回，苏小小望穿秋水，最终憔悴而死。袁枚是杭州人，与苏小小同乡，被她凄婉的爱情深深感动，因此刻了这枚印章。

某日，一位尚书大人路过杭州，慕名找到袁枚求诗。袁枚欣然应允，马上拿出自己的诗集相赠，哪知一时兴起，不小心误盖了这枚私章。尚书一看，大为不悦，你赠给我的诗集，怎么能盖上妓女的名字呢？袁枚慌忙道歉，此人却得理不饶人，依然喋喋不休。这下袁枚也不干了，当即调侃道："您觉得这枚印章辱没了您的名声吗？当然您现在贵为一品大员，而苏小小身份卑微，可是千百年后，恐怕人们只记得苏小小，却不知道有尚书大人您啊。”

果然言中！二百多年后，当我翻开袁枚的《随园诗话》，再来细细品味这段文字，心中别有一番感慨。是啊，我们依然记得苏小小，而当年那个位高权重的尚书大人，却早已湮没在历史的洪流中，无影无踪了。如今，有谁还能说出这位尚书大人的高姓大名呢？

十年前，我刚从警校毕业，分配到一个小镇派出所工作。当年那些朝夕相处的同事，如今大多已调动了工作岗位，也包括我。十年之后，老同事见面，自然还会谈起小镇上的人和事，那是我们共同的记忆。奇怪的是，每次集体回忆，必会聊到一个人。

此人是个傻子，没有人知道他的名字，只知道他的父母也住在小镇上。傻子总是不期而至，多半是光着膀子，手里必定拖着一根长长的绳子，走路时一蹦一跳，而且边走边喊：“十个赌博九个输！”累得满头大汗，依旧干劲十足。一个傻子，在派出所门口来回游行，喊出如此正义凛然的口号，无异于义务普法宣传，的确傻得可爱！看到这样的情形，如果你还不笑，多半是抑郁了。大家都喜欢这个傻子，遇上吃饭的时候，如果他不愿回家，我们就会给他盛上一碗饭。

傻子带给我们那么多快乐，虽然他是无意的，那张傻呵呵的笑脸，至今难忘。小镇上有那么多人，而让我们印象最深刻的，竟然是一个傻子。起初我百思不得其解，以为这是个无法解释的黑色幽默，后来细想，也不是没道理。实际上，我们都愿意记住快乐。

也许没有人喜欢被遗忘,有没有人会记住你?毫无疑问,没有人会记住你口袋里的钱,千金总有散尽的时候,没有人会记住你手上的权力,再大的权力也会过期。人们只会记住你的真情与感动,记住你给这个世界带来的欢乐。

我常常问自己,许多年后,你还会被人记起吗?

共同经历一场爱情

/孙道荣

她是一家公司的销售员，每天要坐一个多小时的公交车去公司上班。这是一段漫长而乏味的旅程。直到某一天，一切忽然改变了。

那天，像往常一样，她漫不经心地上车，找了一个空位子坐下。公交车缓缓地继续行驶，她一抬头，坐在她侧前方的一位小伙子，一下子将她震住了。

她的心怦然而动。

随着车子的颠簸，她又忍不住偷偷瞄了他几眼，越看越帅，越瞅越觉得像她非常喜爱的一位明星。她的心禁不住一阵狂跳。像传说中的一见钟情，她遏止不住地喜欢上了他。

此后几天，她又在公交车上遇到他。她用心留意了一下，公交车每隔十五分钟一班，只要赶上早上七点半钟的那辆公交车，就一定能遇见他。于是，每天，她都会早早地赶到公交车站,却一直等到那班车来,才上车。大多时候,她都看见他安静地坐在车上。

故事却忽然卡壳了,因为,她不知道怎样接近他,怎样才能和他搭上话,怎样才能认识他。焦灼难耐之下,她想到了网络。她将自己的故事发在了小城的网络论坛上,希望有人能帮她出点主意。

没想到,她的帖子很快引起了网友们的关注,短短半个多月,点击率达到五十多万人次。

人们纷纷帮她出主意——

有人说,他不是戴着手表吗?向他问时间,然后自然而然地搭上话了。有了一次问时间,以后看到他就可以打招呼了。然后,顺理成章就成熟人了……

有人反对,说问时间太老套了,其实可以来点小计谋。哪天上车,从他身边经过时,故意不小心踩他一脚,然后跟他说对不起,并顺手拿一张餐巾纸递给他。这样,既可以认识他,又可以借机考察一下他的人品。如果他对你也有好感,故事就可以继续发展了……

有人出主意,踩他一脚还不如遇到他时故意撞他一下,看他的反应,为了加深印象,不妨撞得稍稍猛一点,然后……

有人说,不如跟他借手机,一般情况下,女孩子向男孩子借手机,都会成功的……

有人补充说,对,就借手机。先把自己的手机设置为静音,然后,装作手机不见了,做出很着急的样子,然后请他帮忙,让他用手机打一下你的手机,这样,不但搭上话了,而且,还互留了手机号码,如果他也有感觉的话,这就算对上暗号了……

有人说，干脆直接走到他身边，盯着他，告诉他，你喜欢上他了……

大家想出了各种各样五花八门的办法，老套的，实用的，浪漫的，机灵的，新潮的……应有尽有。

人们热切地关注着她的进展。

她终于鼓足勇气，迈出了重要一步，和他对上话了！

那天，相同的时间，坐上了相同的公交车，遇上了相同的他。她忽然发现，自己的手机没电了（真没电了，不是装的），于是，她给自己打气，勇敢地向他借手机。正当他翻找手机的时候，她旁边的一个乘客，主动将手机借给了她（这份好心，来得可真不是时候啊）。不过，没关系，她和他终于说上话了。

她及时将这一重大消息，发布在了网络上。

网上一片赞美和祝福。

他们恋爱了。

她不断地更新自己的帖子，向人们讲述他们的故事。人们热切地关注，跟帖，祝福……

我也是其中的一个网友。每天，我都会打开那个网页，关注着她的进展。人到中年，我早已没有激情，我的爱情已是很久以前发生的事情了。今天，我却像个浪漫的少年一样，关注着一个我并不认识的年轻人和她的故事。网络，将几十万人聚集在一起，共同经历了一场普通却又不同凡响的爱情故事。

一位网友说得好：爱情很美好，比爱情更美好的，是向往她的心。

那些你不知道的幸福

/卫宣利

我书房的窗户正对着一幢新建的楼房。楼盖到了第五层，搭得很高的脚手架上，每天都有几十个民工在上面忙碌。在那群民工中间，有一个电焊工，是个瘦瘦的女孩子。每天上午，当我在电脑前写字的时候，会看到她握着焊枪，弯着腰猫在钢筋架上，手里的焊枪火星四溅。她穿着蓝色工作服，戴着黄色安全帽。之所以认定她是女孩儿，是因为她脑后长长的发辫上，系着一根红色的丝带。丝带很长，在身后悠悠地飘着。那抹鲜艳的红，在一片灰色的钢筋水泥中，显得格外醒目耀眼。

我常常在写字的间隙站在阳台上，远远地望着那女孩儿。我猜想，她家里一定很穷，父母年迈，体弱多病，还有一个弟弟或者妹妹要读大学。虽然她的成绩也很出色，或者她已经收到了某个大学的录取通知书，却悄悄地藏了起来，到城市里来为弟、妹挣学费和家用……我把自己的假想告诉QQ上的朋友,他笑,也许并不是你想象的那样呢。

有一天中午,我买菜回来,路过那幢楼。民工们正在吃饭,每人端着一只大海碗,狼吞虎咽。我一眼就看到那个系着红丝带的女孩儿,她端着饭盆,和一个魁梧英俊的男人并肩坐在一起。她从自己的碗里挑出什么往男人的碗里夹,男人推着,又往她的碗里夹。旁边便有人起哄:二魁,看红丫多体贴你,放着家里好好的日子不过,千里迢迢跟着你一起来打工,你将来可不能亏待她……那个叫二魁的小伙子憨厚地应着。两个人都笑,脸上泛起幸福的红晕。

我羡慕地看着这一对相爱的人,第一次,我为自己贫乏的想象力而惭愧。

一天中午,我下班回来,在街口远远地听到悠扬的乐声。循着声音找过去,一个很高很瘦的年轻人在吹萨克斯。他的音乐在空中回响盘旋,一串串的音符丝丝缕缕地漫过心底,在风中纠缠、飞舞、飘远。我驻足去看那个男孩子,他穿着磨得很旧的牛仔裤,上身是浅灰色的棉布短袖,头发很长,掩盖了半张脸,旁若无人地微闭着眼睛,嘴角有浅浅的笑意。他面前有一个用细竹藤编成的心形小筐,做工很精致,里面有一些零碎的硬币。旁边围了不少人,有人和着节拍摇摆击掌,有人轻声地哼着曲调。

我前面的两位老太太用低低的声音在议论,一个说:“这孩子,这么年轻就出来卖艺,真可怜。”另一个叹息着:“看样子是大学生,是想挣点儿学费吧。”然后两个人便挤过去,一人往筐里丢了五块钱。

我知道老人误会了。人们一贯的印象是,到街头卖艺,无论如何是沦落。但男孩儿绝不是以此为生的街头艺人,也不是贫困大学生,他身上穿的范思哲,要三千多块一套呢。所以,只有一个原因:那是他的兴趣所在。我看见男孩儿的脸上有狡黠的笑意闪过,却并不开口,只是很恭敬地对着两位老人深深一鞠躬。

在网上认识一对年轻的夫妻,妻子因患红斑狼疮,十四年里不停地做化疗、肾脏穿刺、脊椎穿刺、活体检查,从一个温柔秀美的女孩儿,变成一个必须依靠药物生存的病人。而且,因为激素的副作用,造成两侧股骨头坏死,只能依靠轮椅行走。

她在网上有一个博客,记录生活中的快乐、忧伤、痛苦、挣扎。偶尔,她的先生也会露面,是个儒雅英俊的男人,照片上多半是陪她一起做家务时沾着面粉的一双手,或者推她出去看风景时平静温和的笑脸。他是一家外国银行的部门经理,两个人结婚十年,十年里他默默地陪着她,看病,吃药,检查,病危,恢复,再发作,接受她必须坐轮椅的现实,推着她去旅游,抱着她上上下下,点头哈腰地请求护士给她轻些扎针……

一个健全的男人,十年如一日地照顾一个被病痛反复折磨的人,这是常人无法承受的苦役吧。很多人在她的背后,看到了一个男人的付出、牺牲和坚守的爱心故事。有网友留言,对男人的牺牲表示敬佩和同情。

可是他说:不,那都是爱,不是牺牲,我们很幸福。

是的,不必去费心揣测他们会有怎样的幸福,幸福是上帝的妙手偶得，它在每个人身上幻化出不同的模样，有些幸福，你无法想象。

每一个与我们擦肩而过的人，都是有故事的。他们有他们的理想、信仰、快乐，以及爱情。他们的人生，其实比我们想象中的更加丰满和生动。他们的幸福，或许是你不能理解和体会的，但你不能否认，那种幸福往往更加简单，并且纯粹。

面对丰富真实的生活，我们除了感叹自己贫乏的想象力，便是深深的感动和热爱。

第五辑

带着你的心上路

旅鼠的“长征”

/吕麦

斯墨拉尔野外大草原，聚集着猫头鹰、北极狐、贼鸥等以鼠为食的飞禽走兽。因为，这里每公顷草场，就群居着200只以上的旅鼠。

秋大，斯墨拉尔野外大草原几乎就是旅鼠的世界了——旅鼠的繁殖能力仅次于细菌。一对旅鼠，一年的繁殖数字是967118只。这样下去，地球不都是旅鼠的世界了吗？不！神奇的大自然，自有它的安排。

10月，草儿渐渐枯萎，草原呈现出一派萧条景象，而旅鼠家族却繁盛到了极点。但奇怪的是，它们将利于隐蔽的灰黑色皮毛，转变成了鲜艳夺目的橘红色，在明艳的秋阳下，犹如柿子树上一枚枚成熟的“果子”，不断引来猫头鹰、贼鸥的追食。可是，它们毫不介意，也不躲藏，且不断在草丛里抱头鼠窜，左奔右突，吱吱嗡嗡，好像暴露在平原上的练兵队伍，相互传递着某种信息。

傍晚，斯墨拉尔草原的太阳缓缓沉向天际，广袤的草原沉浸在一种绝对的寂静中。突然，草原深处由远而近传来一种声音，闷闷的、沉沉的，却排山倒海，仿佛有人开动了巨大的铲土机，要把草原掘地三尺。转眼间，一片橘红潮水一样漫卷过来，近了，近了，是大片的旅鼠。

队伍浩浩荡荡，却很有组织。每一只旅鼠都像奉了神谕，拼命赶向前方，仿佛集体发了疯，又仿佛被一个可怕的恶魔追逐。在狂奔的队伍中，不断有旅鼠掉进河沟被淹死、被树干撞死，或者被猫头鹰、贼鸥、狐狸叼走。可是，这些危险完全被忽略，它们拼命向前狂奔，狂奔……

长途跋涉中不断有新的旅鼠加入，队伍不断壮大，到最后大约有四五百万只，仿佛一股力量，牢牢地凝聚着它们，行动高度一致。白天，它们进食，蓄积力量，晚上，它们摸黑前进，不停歇，不绕道，每日以50公里的速度向前奔跑。遇到河流，走在前面的旅鼠会义无反顾地跳入水中，为后面的同伴架起一座“鼠桥”，遇到悬崖峭壁，许多旅鼠会自发地抱成团，形成一个个大肉团，勇敢地向下滚去，死的死、伤的伤，而活着的继续前进。尽管，沿途鼠尸遍地，它们却依然百折不挠地前进。逢山过山，遇水架桥，前赴后继。它们这是要到哪里去？难道像鲤鱼一样，奔赴“龙门”？

一个多月后，旅鼠的“长征”队伍距巴伦支海岸不远了。这里海水湛蓝，海边没有沙滩，只有一片参差嶙峋的礁石。不久，耳边渐渐传来杂乱的轰鸣声，紧接着，大片橘红色的“云块”，贴近地平线急速“飘”了过来。旅鼠们来了，千军万马，奔跑如风。

只见旅鼠们在到达海边的那一刻，几乎没有一秒的停滞，恍若一辆辆全速疾驰而刹车失灵的赛车，纷纷冲进海里，一瞬间被汹涌的海水吞没，杳无踪影。后面的旅鼠，一群群、一队队，依然紧跟着往下跳，争先恐后，仿佛投进的不是滔滔大海，而是幸福的天堂，直到全体被大海吞噬……难道，旅鼠们千辛万苦，跋山涉水来到这里，就是为了这绝命一跳？

是的！旅鼠们“集体自杀”，为的是留在斯墨拉尔草原上的子女，能够在下一个春天有足够的空间、食物，继续繁衍、生息。这是一次无法回头的死亡之旅，但旅鼠的殒命不恤，让它们的行程成为令人惊叹不已的大爱之旅。

赞美的温暖能融化冰霜

/王磊

默多克是世界闻名的传媒大亨，他的企业遍布全球各地，影响力之大让人惊叹不已。默多克年轻的时候，曾经搬过一次家。来到这个陌生的地方之后，他主动上门拜访周围的邻居们。大多数人都给了默多克热情的招待，除了一个叫约翰的老人之外。面对主动来访的默多克，老约翰不仅没露出一点客气的意思，而且连门都没让默多克进。

莫名其妙地碰了一鼻子灰之后，默多克心里有些不舒服了。邻居们知道事情的经过之后，都劝默多克别太往心里去，因为这个老约翰是远近闻名的怪脾气，对谁说话都爱理不理的，他在这里住了几十年了，却连一个好朋友都没有交上。

虽然邻居们劝默多克不用再和这个怪老头打招呼，但是善良的默多克每次看到老人家的时候还是微笑着向老人问好。老约翰有时候粗声粗气地回应一句，有时候只是用鼻子哼一声。尽管老约翰的态度不太友好，可默多克觉得大家是抬头不见低头见的邻居，所以仍旧一如既往地和老人打着招呼。

住的时间长了，默多克发现老人虽然脾气怪了一些，但在种植花草上显得很有心得。老约翰门前的草坪是这个社区最漂亮的，一有时间，老人就精心地修剪自己的草坪，像对待孩子一样细心地照料着。

这一天，下班路过老人家门前时，默多克微笑着和老约翰打着招呼。老约翰仍旧不耐烦地回应了一句，忽然，默多克停了下来，羡慕不已地望着老人门前的草坪。看着默多克对自己心爱的草坪如此欣赏，老人的脸色渐渐柔和起来。老约翰主动走到默多克身边，骄傲地告诉默多克，这样出色的草坪是自己几十年精心照料的结果。默多克毫不犹豫地称赞了草坪几句，老约翰的话匣子一下子打开了，他拉着默多克的手指着草坪告诉他，那些爱尔兰雏菊是自己花高价买来的，那些新西兰香草则是老同学送的，还有那些四处搜集来的名贵的荷兰郁金香。草坪上的每一种植物都有一个故事，老人津津有味地谈着，默多克则饶有兴趣地听着。

当天晚上，老约翰盛情邀请默多克在自己家里用晚餐。他一边让家人做了丰盛的晚饭，一边和默多克快乐地聊起天来。他们从种植草坪花卉聊到奇闻逸事，房间里不时地爆发出一阵阵爽朗的大笑。

后来，人们很惊奇地发现，刚搬来不久的默多克竟然和这个古怪的老人成了要好的朋友。老约翰和默多克成了朋友之后,火暴的脾气也渐渐变得温和了,开始主动和邻居们聊天了。当然,他和默多克也成了忘年交,只要默多克有什么事情,老人都会第一时间赶到,为他出谋划策,成了默多克最好的朋友之一。

我们在生活中常常能碰到一些冷若冰霜的人。其实,这世上没有不能交往的人,只有不合适的社交手段。当我们用心去寻找的时候,你就会发现每个人身上都有自己的优点。当我们真诚地赞美这些优点时,对方就会感受到我们的温暖和善意,内心的冰川也会随之消解融化。

与其哀叹处世艰难,不如主动去寻找别人的优点。恰当得体的赞美,可以让你的人生焕然一新。

你的包容，让世界更美

/王者归来

乔治非常幸运，刚刚走出校园就成为这家跨国集团公司的一员。很快，公司里的同事就对这个异常勤奋的小伙子刮目相看。聪明过人的乔治实习期还没结束，就被公司聘为了正式员工，而且他的上司老约翰先生也对他非常青睐，总是给他更多的照顾。

不仅上司喜欢乔治，同事们也都非常愿意和这个开朗踏实的小伙子交朋友。每到午间休息的时候，大家就拉着乔治一起天南海北地聊天，下班之后还常常约他一起去唱歌逛街。可是，乔治对这些休闲活动并不感兴趣，他尤其不喜欢大家总是聚在一起，谈论当红明星的是是非非。乔治喜欢的是一个人安安静静地看书，或者是参加各种各样的演讲比赛，他觉得这样的生活才过得充实。

随着时间的推移，乔治越来越觉得和大家兴趣不同，想方设法找借口不去加入同事们的圈子。刚开始的时候，大伙儿还没有感到乔治的排斥心理，经常有同事兴致勃勃地和他谈论一些娱乐圈里的趣闻，然而，乔治漫不经心的样子很快就让对方失去了谈话的兴趣，很知趣儿地离开了。

渐渐地，来和乔治聊天的人越来越少了，同事们聚会的时候也几乎不再叫他了。在接下来的几个月里，乔治又恢复到了以前的生活状态，工作之余的时候就看看书，听听讲座，参加各种各样的演讲比赛。但是，乔治很快就发现自己在办公室里越来越被孤立，每个人见到他都很礼貌地和他打着招呼，但一句话也不会多说。中午休息的时候，大家常常会围成一个个小圈子热火朝天地聊天，只有乔治一个人孤零零地坐在办公桌前，显得格外扎眼。

在随后的很长一段时间里，乔治都在公司里品味着巨大的孤独，他却对此束手无策，不知道该怎样解决眼前的困境。乔治所面临的一切，都被老约翰先生看在了眼里。在一个周末的午后，老约翰把乔治带到了一个溜冰场，笑吟吟地拉着他一起坐在椅子上看老约翰的儿子滑冰。乔治好奇地问老约翰，既然来了溜冰场，为什么不去滑冰呢？

老约翰微笑着告诉乔治："我不喜欢滑冰，我只是尊重孩子的生活方式，陪他一起来享受快乐罢了。"望着满脸困惑的乔治，老约翰语重心长地说道："这个世界上因为有山有水有云有雨，所以才显得缤纷多彩。山有山的生活方式，水也有水的生活方式，它们既坚持着自己的生活方式，又包容理解着其他的生活方式，所以这世界才和谐美丽。"说着，老约翰拍了拍乔治的肩膀，继续说道，"你坚持自己的生活方式没有错，可你要记住，你是这世界里的一员，要融入这个世界好好生活的话，你就必须包容理解并且积极地参与到别人的生活方式之中。只有这样，你才能更了解别人，别人也才能更了解你，你才能得到更多的朋友。”

说完，老约翰站起身来，给满头大汗的儿子递上一瓶矿泉水。看着老约翰父子灿烂的笑容，乔治陷入了沉思之中……

从溜冰场回来之后，乔治开始主动加入到同事们的圈子里。渐渐地，他发现同事们喜欢谈论的明星和流行话题其实也很有意思，常常让人有耳目一新的感觉。虽然乔治还是更喜欢自己的休闲方式，但他也会拿出一些时间和精力参与其中。他和同事们常常因为一个有趣的话题笑得前仰后合，也常常和大家一起四处搜索最流行的服装，或者是和大伙儿一起在新开的咖啡店里享受惬意的时光。

随着接触的加深，同事们对乔治也有了更多的了解。当乔治急需哪本书时，同事们都会真诚地给予他帮助，乔治和大家的关系越来越近了。虽然大家并不热衷于乔治的生活方式，但还是非常热心地关注着他。乔治对他人生活方式的尊重和理解，为他赢得了越来越多的朋友。后来，在参加一次演讲比赛的时候，乔治惊奇地发现，台下竟然有将近一半的观众都是自己的朋友和同事。那一刻，乔治的鼻子猛然一酸，红了双眼……

很多年之后，乔治离开了那家跨国公司，并且靠着自己的努力成为英国最出色的演讲家之一。每一次演讲的时候，乔治都会把这个故事讲给听众们。“世界之所以美丽，是因为有着各种各样不同的生活方式。我们在坚守自己原则的时候，也要拿出一份耐心和精力去包容理解别人的生活方式，只有这样，你才能得到别人的理解和尊重。这只是交际方式上的一点点改变，却足以影响你的一生！”乔治在自己自传的扉页上，写下了上面的话。

山有山的挺拔，水有水的柔媚，我们坚守自己的生活方式，也同样尊重别人的生活方式，并且积极参与其中。当你尊重、理解、包容别人的生活方式时，你才会得到别人热情的回应。只有山水相绕，才能显出勃勃生机。你的包容，让这世界变得分外美丽！

你不能这样

/张薇

有个叫杰克的小男孩，他有位严厉的母亲，而就是这位特别的母亲，用不一样的教育方法成就了他的一生。

杰克很怕冷，每到冬天就蜷缩在屋子的角落里，不愿意去外面接受寒风的洗礼。有一天，他的母亲对他说："杰克，你不能这样，为了你的身体你必须出去。"于是杰克开始冒着严寒，跑到外面去锻炼。他埋怨自己的母亲太心狠。风敲打着他的骨骼，雪覆盖住他的身体，日子一天一天过去，当杰克不再埋怨母亲的时候，他已经不再害怕寒冷了。

杰克很怕黑，对黑暗的恐惧始终萦绕着他，他只愿意把自己的脸朝向阳光，却不停地躲避黑暗的考验。有一天，他的母亲对他说："杰克，你不能这样，为了你拥有坚强的意志你必须出去。"于是杰克开始踏入黑暗的领地。无尽的黑暗使他的心灵充满恐惧，在摸索中前进的时候，他开始怨恨自己的母亲，诅咒她不让自己享受光明的恩赐，却来到这里与黑暗为伴。无尽的黑暗蹂躏着他的意志，他恐惧、焦虑、茫然，但当他真正恐惧到了极点，不想再坚持下去的时候，他发现自己已经不再恐惧。当他不再怨恨自己的母亲太黑心的时候，他已经不再害怕黑暗。

杰克很懦弱，他不愿意出风头，宁愿躲在别人的庇护下，也不愿意站到阳光里承担自己的责任。有一天，他的母亲对他说："杰克，你不能这样，为了你的荣誉你必须出去。"于是杰克顶着压力来到外面。他开始有点讨厌自己的母亲。别人的流言、对他的不信任以及生活的艰辛使得他多少次想转身逃走，但他知道母亲没有给他留回家的路。生活的重担磨砺了他弱小的身躯，使得肌肉变成了软骨，软骨变成了骨骼。当他不再讨厌母亲的时候，他已经不再害怕承担责任。

杰克很自私，他不希望别人分享他得到的一切，宁愿自己一个人咀嚼生活给他的甜美，也不愿意和哪怕是最好的朋友分享。有一天，他的母亲对他说："杰克，你不能这样，为了你得到快乐你必须出去。"杰克真的是硬着头皮向外走的，他开始不理解母亲了，甚至怀疑母亲到底在做什么。他看着属于自己的快乐被别人一点点分享，开始变得急躁不安，他害怕这些人会把他的快乐全部拿走，剩下的痛苦是他不愿意承担的。但后来他发现，分享他快乐的人总是给他一个更大的快乐，慢慢的，在彼此快乐的过程中，他发现了生活的乐趣。当他不再怀疑母亲的时候，他已经放弃自私的生活。

杰克二十岁的时候，母亲告诉他，为了生活，他必须找到一个工作，于是带着二十美元，他外出打工。他擦玻璃，搬货物，送报纸，每当他遇见困难的时候，他就埋怨母亲的决定，可每次埋怨完，他就自己对自己说：“杰克，你不能这样，为了将来你必须坚持。”生活路上风大，雨大，他一直在泥泞的道路上坚持着。当他有一天知道这个地方叫作华尔街的时候，他已经不再讨厌艰辛的生活了。

当杰克四十五岁的时候，他已经成为新的商业贵族。有件事情引起了极大的轰动，因为人们发现杰克曾经是个智力有缺陷的孩子。大家好奇地询问他的母亲，杰克为什么可以成功，他的母亲回答道：“虽然生活对他是不公平的，但他不能就这样放弃。”

未来对于我们是什么，是憧憬伴随着无知。憧憬给我们以生活的希望，但无知却给我们数不清的烦恼。我们不知道明天的成绩单上是不是又是一个失败，我们不知道明天的工作是不是又是一个错误，我们不知道明天的生活是不是又是一个麻烦，甚至我们都不敢肯定，今天对我们重要的人明天是不是仍然还在关心我们。我们打开明天的窗户，伸手去抓未知的空气，得到的是更大的恐惧。因为我们对未来有太多的期望，更因为我们对未来知道的太少太少，我们开始恐惧，开始怀疑今天所做的是否正确。

其实人生就是这样，当你超过那个遥远目标的时候，他就不再遥远，当你经过明天之后，对明天的恐惧就不再成为恐惧。心理学家说，人们在现实中担心的事情绝大多数都不会发生，也就是说，你所恐惧的事情几乎都不会发生。也许明天会有炸弹落在你的大楼里，但这样的可能几乎是零，你还害怕吗？如果这个你都不害怕，你还恐惧什么？也许你胖，但可能就是因为这个特点你才注意身体，反而得到长寿；也许你害羞，但可能就是这个特点让你得到别人的喜爱；也许你口吃，但可能就是这个特点可以让你成为喜剧之王。

当对生活极度厌烦，准备放弃的时候，请来到我的身边，我会告诉你一个战胜一切麻烦的秘诀，那就是你不能这样就放弃。

做你自己的禅师

/刘克升

年少时，他听父亲说起禅，很高深、很神奇的样子，且一副敬畏的神态。他问父亲："什么是禅？"父亲没有直接回答他的问题，却说："禅，在禅师那里。"

他又问父亲："禅师在哪里？"

父亲静默了片刻，抬手一指说："禅师在每一个人前行的路上。找到适合你的禅师，就等于找到了成功之路。"

哪个少年不渴望花团锦簇？哪个少年不向往星光大道？自此，他做梦都想找到适合自己的禅师，为这个目标付出了说不清的努力和艰辛。

颇感庆幸的是，在人生接下来的第一个十年里，有人添柴助燃，为他引见了一位禅师。来到禅师面前，他略带羞涩地低下头，说明自己的来意，虚心再虚心地求教。孰料禅师说："我不是你的禅师。"他惊讶地一颤，还要问什么，禅师挥了挥手，接着说："前行的路刚刚开始，哪能这么容易就找到适合你的禅师呢？"

哦，也许自己真的是太性急了，也许自己的付出还不够，他为自己的鲁莽，更为自己的急功近利而惭愧。但他坚信自己和禅师有缘，禅师就在不远处，正拈花微笑。他不再接受别人的引荐，他决心凭借自己的才气和毅力，透过滚滚红尘，识别并找到适合自己的那位禅师。

在第二个十年里，他果真又找到了一位禅师。他自信这位禅师就是适合自己的禅师。他暗暗给自己鼓劲：天不负，地不负，我不负！可这位禅师同样说："我不是你的禅师！"他同样的不解。禅师说："天不负，地不负，可天地之间还有空气！有向前方的路，也有去上方的路。人生的路途，你走了有多远？"

禅师的话，点点面面、深深浅浅、虚虚实实、回回旋旋，但终究不是自己的禅师。他唯有继续寻找，在前行、直行或者回行的交错中识别着、磨炼着。人生的又一个十年，就这样过去了。

嗯，是过去了，像一缕青烟、一阵微风，在记忆中飘散。不说他的家庭，不说他的事业，不说他的财富，不说他的健康，也不说他的朋友。单说有这么一天，他回乡下看望父亲。冬日暖阳中，父亲已成白发老翁，他也有了些许白发。父亲问："找着你自己的禅师了吗？"他说："找着了！"父亲又问："在哪里？"他指了指自己："我就是。"

父亲"哦"了一声，说："那，我也是。"

庭院里，父子二人对望一眼，意味深长地笑了。

人世间，寻找禅师的过程，就是自我修炼的过程。只要肯努力，肯付出，禅师会离你越来越近，直至与你合二为一，融为一个整体。

茫茫人海中，你就是你自己的禅师。

暧昧是一种境界

/吕麦

我和他的相识，说来有几分搞笑。

那天，我作为“绿叶”陪闺密去公园和他相亲。他却“移情别相”，对我颇有好感。而闺密却对和他同来的 F 君青眼有加，秋波频送，使得一场尴尬化险为夷。

两个月后，浓情似火的闺密小两口邀我俩结伴去无锡旅游。住宿的时候，F 君开了两间房，大咧咧地和闺密占领了一间。我不悦地提议和闺密住一间，他做鬼脸说：“你要当讨厌的法海吗？将就和我搭伙吧，只要你不主动勾引，我保证是绝版的柳下惠。”忐忑中，我故作潇洒走进房间。那一夜，果然相安无事。心底深处，对他的爱增进了几分。

此后，我们很快进入状态，像所有热恋的情侣一样，密集地电话、短信、聊天、约会，我以为一切会在预料中修成正果。可是，不久，他的态度来了个一百八十度的大转弯，打电话不接,发短信不回。我百思不得其解。找到他,问他这是为什么。他淡定地说:“我们需要降温。太浓烈的爱不能长久。”简直莫名其妙。但为了维护自尊,我必须保持矜持,努力克制心痛、委屈和泪水,发誓从此和他不相往来,也拒绝参加闺密的聚会。

一天半夜,闺密突然给我打来电话,说他喝得酩酊大醉,哭喊着我的名字,让我赶快过去。“跟我无关!”然而,嘴巴上这么说,心里却是莫名的激动和割舍不下的牵挂。于是,打车赶过去,安慰他,照料他,不知不觉“东方已既白”。晨曦中,他醒来,“铁面人”一般冷冷地说:“你赶紧回去吧,别在这儿吵我。”我气得转身出门,泪水滂沱地告诫自己:从此断了吧,别再自作多情!

那天,我的电脑突然“罢工”。熟稔的维修工说今日没空,得明天下午才来。一日也离不开电脑的我,急得像热锅上的蚂蚁。他却从天而降一般,三下五除二帮我解决了难题。面对我的狐疑,他坏坏地笑说:“你闺密说,你今日有难,小生特来相助。我跟你说啊,以后不管是你的电脑‘病’了,还是你的人病了,我都二十四小时随叫随到,免费维护。”我心中五味杂陈:他忽冷忽热,若即若离,到底啥意思?

我把思虑说给闺密。她沉吟了半天,皱眉蹙额地说:“我和F都看得出来,他深爱着你。也许担心自己不能给你幸福的将来,所以在玩暧昧?”

记得有人说过:暧昧只让男人和女人享受精神、心灵的愉悦,在痛苦、忧伤、烦闷、困难的时候,彼此援手相救,相互关爱。暧昧中的男女,彼此牵挂、思念,却又能慷慨地给对方完全自由的空间，未必要占有，更无须控制，只需心灵的默契……可不是吗？“得不到才是最好的”，心照不宣地暧昧着，何尝不是一种境界？

傲慢与非偏见

/吉娃娃

一代大师、学者钱锺书，出生于诗书世家，聪慧过人，被称为“民国第一才子”。鉴于此，青年时期的钱锺书颇有些自负自许，恃才傲物。

1929 年，钱锺书以英文满分的成绩，考入清华大学外文系，成为吴宓教授的得意门生。他上课从不记笔记，总是边听课边看闲书或作图画，或练书法，但每次考试都是第一名，甚至在某个学年还得到清华超等的破纪录成绩。吴宓对这个天才弟子更是“青眼相加”，常常在上完课后，“谦恭”地问：“Mr. Qian（钱先生）的意见怎么样？”钱锺书总是先扬后抑，不屑一顾。吴宓也不气恼，只是颔首唯唯。

1933 年，钱锺书即将从清华外文系毕业，校长冯友兰告诉他，将破格录取他，留校继续攻读西洋文学研究硕士学位。钱锺书却一口拒绝，并狂妄地说：“整个清华，叶公超太懒，吴宓太笨,陈福田太俗!没有一个教授有资格充当钱某人的导师!"要知道,被他点名批评的三位教授,是上世纪三十年代清华外文系的"梁柱之才"啊。

不久,"长舌"的周榆瑞将这话告诉吴宓。吴宓一笑,平静地说:Mr. Qian 的狂,并非孔雀亮屏般的个体炫耀,只是文人骨子里的一种高尚的傲慢。这没啥。1937 年,钱锺书分别在牛津大学和巴黎大学学习、研究西洋文学。其间,"浪漫"的吴宓几经反复,打算和三十二岁的情人毛彦文举行婚礼。消息传出,钱锺书特撰文一篇,发表在国内某知名大报上,刻薄地调侃恩师的新娘为"Superannuated coquette"(徐娘半老,风韵犹存,指卖弄风情的大龄女人),使吴宓的"罗曼蒂克爱情"成为一时笑柄。

1940 年春,钱锺书学成回国。许多知名学府想聘请他,这其中包括他的母校清华大学,可是,却遭到时任外文系主任陈福田、叶公超的竭力反对。吴宓得知此事后,愤愤不平,斥之为"皆妾妇之道也"。他奔走呼吁,不得其果,更为慨然"终憾人之度量不广,各存学校之町畦,不重人才"。后来,陈福田请吴宓吃饭,吴宓特意叫上好友陈寅恪做说客,力主聘请钱锺书,为清华的西洋文学研究所增加光彩。经过几番努力,"忌之者明示反对,但卒通过"。吴宓很是欣慰。只是,任教两年后,钱锺书和诸公不睦,辞职他就。吴宓又是极力挽留,但钱锺书去意坚决。

在钱锺书离去之后,吴宓借学生李赋宁的笔记来读。这是钱锺书讲课的笔记。内容有两门课:一是《当代小说》,一是《文艺复兴时期的文学》。吴宓在《吴宓日记》里写道:"9

月28日读了一天，29日又读一午。先完《当代小说》，甚佩！9月30日读另一种，亦佳！10月14日读完，甚佩服……深惋锺书改就师范学院之教职。"

多年后，钱锺书的学术、人格日趋成熟。晚年的他更是闭门谢客，淡泊名利。一次，他到昆明，特意去西南联大拜访恩师吴宓。吴宓喜上眉梢，毫无芥蒂，拉着得意门生谈学问、下棋聊天、游山玩水。钱锺书深感自己的年少轻狂，红着脸，就那篇文章向老师赔罪。吴先生茫然，随即大笑着说："我早已忘了。"

1993年春，钱锺书忽然接到吴宓先生女儿的来信，希望他为其父新书《吴宓日记》写序，并寄来书稿。当钱锺书读完恩师日记后，心内慨然，立即回信自我检讨，谴责自己："少不解事，又好谐戏，逞才行小慧……内疚于心，补过无从，唯有愧悔。"且郑重地要求把这封自我检讨的信，附入《吴宓日记》公开发表。

作家叶兆言说："吴宓不是一个豪爽的人，且毫无幽默感，但他却是大度、真诚的君子。"俗话说人以群分，物以类聚，吴宓先生真诚、大度，钱锺书也同样磊落、坦荡。对于"青出于蓝而胜于蓝"的学生，吴宓老师坦然表示佩服，一再宽容谦让，足以表现出他心胸坦荡，爱才容物。这在当时和现在的社会，都是极难得的宰相肚量、君子修为。虽然，钱锺书在学问、成就上远远超过自己的老师吴宓，但他在《吴宓日记》序中，谦恭地写道："我愿永远列名吴先生弟子之列中。"师生各自的人格风范，跃然纸上，呈现在读者眼前。

电话的另一端

/路勇

相识不久的女孩去了另一座城市，我们之间的联系只有细细的电话线。电话线这头牵着我，那头的她我却无法把握，只能等她无法预期的电话，那些电话显然来自街头的电话亭。

电话里面，我们短暂的相识成为共同温暖的记忆，女孩给我讲在异乡艰辛的遭遇、对家乡父母的惦念，也表达对我的关心。寥寥无几的电话，每次热烈地心灵互动，却唯独没有炽热的爱。是爱与喜欢之间的感觉，是恋人与朋友之间的摇摆……我也闹不明白彼此之间的状况了。

没有她电话的日子，思念如潮水般汹涌澎湃，让我明白自己真的是爱了。可是，那一串熟悉而陌生的电话号码，不再出现在手机屏幕上。女孩美丽的眉目和动听的声音，也离我越来越远，远得有一种不期而至的心痛。于是，我决定去陌生的城市找她，给她一个“爱的惊喜”。可是，我突然发现，除了那串电话号码，我全然不知她的方位。

通过114查询、在网上发帖询问，没有人能告诉我，那个电话亭具体的位置。于是，我一遍又一遍地拨打那个电话，希望有好心的路人接听，然后告知我电话亭的方位。三天、五天、七天……无数次毫无回应的漫长鸣响后，一个无聊的小男生接了电话，告诉我电话亭所在的区和街道。挂掉电话，我便冲向了火车站，买了最早一班的车票，宁愿站票也要第一时间奔赴。火车的颠簸也不及我内心的颠簸，心情激动的我无限接近着女孩的城市。

辗转来到电话亭所在的街道，那是个偏僻而破旧的街道，稀稀拉拉有些小商店。我挨家挨户地寻觅，不到十五分钟，便在一家建材店看到自己朝思暮想的女孩。店里三两个顾客，女孩耐心地接待着，比起原来的模样，消瘦了不少，让人怜惜。终于忙完，抬头看到我，她惊讶得半天嘴巴都合不拢。但是，巨大的惊讶之后，却没有恋人的欢喜，而是被吓到后的慌乱和不安。电话里的和谐，被不请自来的表白搅乱了，场面的尴尬煎熬着我和女孩。最终，我选择乘最快的火车离开，那些原以为会走向圆满的故事，在女孩所在的城市支离破碎。

“千万里，我追寻着你，可是你却并不在意……”歌声飘起的时候，我终于明白：世间的爱情，如果不小心表错了情，那么惊喜难免变成惊吓。而我们人生的寻觅，何尝不是如此纠结，最后的风景或许也不是最初的念想了。

天使的那堂课

/王磊

杜岩在学校的表现越来越糟糕。自从跟随父母来到这个城市，转了学校之后，杜岩就变得沉默寡言起来。同学们成群结队地在一起追逐打闹，他却只能独自一人在旁边观望着，仿佛自己被整个世界遗忘了一样。老师们讲课的速度也比原来学校的要快，他学起功课来相当吃力，学习成绩直线滑落。

杜岩渐渐变得萎靡不振，成天耷拉着小脑袋，一副无精打采的样子，和谁都不愿意说话。为此，班主任找他谈了几次话，可情况仍旧没有什么改变。不久之后，杜岩迎来了自己在新班级的第一个班会。闪耀着亮丽光芒的阳光点缀在课桌上，同学们兴高采烈地等着班会开始，除了懒洋洋的杜岩之外。

“今天，我想请同学们说说自己童年时最勇敢的一次经历。”老师和蔼地笑着，班级里立刻像炸了锅一样，大家争先恐后地举手发言。有的同学说起了童年时第一次玩旋转木马时的恐惧以及战胜恐惧后的快乐，有的同学谈起了自己独自走夜路的忐忑和兴奋，有的同学说起了第一次在池塘捕鱼的焦急和成就感。

“杜岩同学，你童年时最勇敢的事情是什么呢？”老师笑眯眯地问道。“我、我……”杜岩没想到老师会问到自己，很少站起来回答问题的他有些局促。这时，全班同学的目光齐刷刷地向他聚集过来，杜岩狠狠咬了一下嘴唇，鼓起勇气大声说道：“我童年时最勇敢的一件事情，就是和新搬来的邻居的孩子主动打招呼，并且和那个男孩儿成了好朋友。”

从来没在同学们面前表现过自己的杜岩，详细地说起了这件事情的经过，同学们惊奇地发现杜岩的口才其实非常好，大家都被他绘声绘色的描述打动了。杜岩刚刚说完，班级里立刻响起了热烈的掌声，杜岩轻轻出了一口气，脸上飘起了一片红晕。

“大家说杜岩同学说得好不好？”老师微笑着问道。“好！”大家齐声回答着，杜岩有些害羞地低下了头。“为什么大家会对自己童年最勇敢的经历如此刻骨铭心？因为那时候我们有一颗童心，一颗敢于尝试，不怕失败的童心！”老师说着，关切的目光定格在杜岩身上，大家也循着老师的目光纷纷望向了杜岩。

“我希望我的学生们永远都保持一颗无所畏惧的童心，尽管他现在可能经历着备受煎熬的阶段，尽管他现在可能方方面面都不如意。但只要他有勇气改变，就没有什么是不可以战胜的！我非常希望看到他的改变！”老师说完，带头冲杜岩鼓起了掌，班里的同学们也跟着微笑鼓掌。杜岩望着大家，忽然鼻子一酸，连忙转过头去，望向窗外——窗外柳絮飘飞，阳光灿烂。

那堂课之后，杜岩像彻底变了一个人一样，充满自信的他下课时和同学们开着玩笑，上课时认真听讲，热心体贴地帮助着每一个人。

很多年后，优秀教师杜岩常常会和他的学生们讲起这个故事：“那年夏天，曾经有一位天使给我上了一课，她让我明白了该怎样充满自信地去生活！”

第六辑

熬过生命的最冷冬天

有爱不觉天涯远

/**路勇**

年少的时候,鸿的生活就很单调,除了学校就是家。邻居们说,鸿是十足的羞姑娘,还说鸿的房间是闺房。鸿在"闺房"里做功课、读书或者发呆,就是不愿意和其他男孩子一样,去晒晒太阳、跑跑步或打打球。

岁月的车轮挡不住鸿的茁壮成长。虽然没有古天乐黝黑的皮肤,也没郭富城健硕的肌肉,但是鸿也是树一般茂盛、山一般巍峨的男子。熟悉鸿的亲友不再叫他羞姑娘,而是送给他"文弱书生"的绰号,仿佛担心不经意的一阵风吹倒了他。

鸿有了第一个女朋友,校园里的爱情没有太多物质的侵蚀,即使是两个人牵着手散散步,那也是莫大的幸福。校园的林荫道、公园的小山,都留下了他们的足迹。有一次,他们甚至从城市的这一端,走到了城市的另一端。他们从天亮走到天黑，又从天黑走到天亮，整个城市的风景尽收眼底。鸿没有因疲惫而倒下，归来时依旧神采奕奕，眼底全是爱的光芒。原来，爱有着巨大的力量，可以创造不可思议的神奇。当爱情离开了校园，女朋友喜欢的是咖啡厅的悠闲或夜店的疯狂，却独独没有轧马路的热情，咫尺之遥也如天涯般恐怖。

健身房里没有鸿，游泳池里没有鸿，塑胶跑道上也没有鸿，他依旧是那个弱弱的男生，从来没有让自己变成肌肉男的想法。可是，爱情并没有忘记失落的鸿，一段新的恋情拉开了帷幕。

女孩是驴客论坛的版主，游遍祖国的大好河山、甚至周游列国，是她最大的梦想。而最近她想找驴友陪她踩单车去世博会，回帖者络绎不绝，却没有人愿意遭这份罪。对于女孩，鸿其实心底积蓄着小小的倾慕，女孩旅途中英姿飒爽的照片，更是一点一点打动着鸿的心。其实，鸿是有一点点的自卑，足不出户的他根本算不上是个好的驴客，泡在这样的论坛简直是个奇迹。最后，鸿勇敢地站了出来，自告奋勇成为女孩的驴友。鸿踩着新买来的单车，和女孩穿过城市和乡村，顶着日晒和雨淋，抵达了美丽的上海。那一刻的抵达，犹如登山时的“一览众山小”，巨大的成就感让他们紧紧相拥，恋情也在一刹那萌发。

后来，论坛里邀请鸿去各处驴行的人不少，有近郊游的、有邻市游的。鸿总是拒绝着驴友们的要求，说自己真的不是一个好的驴友，不想扫大家驴行的兴。可是谁愿意相信，能去世博会的鸿，竟然去不了近郊或邻市。于是，鸿赶鸭子上架，行程过半就无法继续，让一行驴友非常地失望。让驴友们诧异的是，鸿的样子并不像是临阵脱逃，而是真的难以为继。

毛毛虫可以振翅飞翔，蜗牛也可以穿越漫漫沙漠，当然鸿也拥有一种走向远方的毅力。而有爱不觉天涯远，给鸿动力的是心底美好的爱恋，爱恋创造不可能的神奇。当爱的光芒散去，别说是天涯，就算是咫尺，也会成为难以逾越的障碍了。

淤泥里的格桑梅朵

/王磊

高一的第一堂物理课刚开始几分钟，一个短发的女孩儿便急匆匆地抱着讲义跑了进来。她快步跑上讲台，气喘吁吁地放下讲义，满脸愧疚地说道："对不起，我是你们的语文老师蔡妍妍，我来晚了……"她的话还没说完，台下便响起一片哄笑声。物理课的老教师微笑着拍了拍蔡妍妍的肩膀，指了指自己，台下的笑声更大了。蔡妍妍红着脸，吐着舌头，一路小跑溜出了教室。

从那之后，我们牢牢记住了语文老师蔡妍妍。

刚开始的时候，大家对她很不以为然。虽然我们只考上了普通高中，也不用让这么孩子气的老师教我们吧！不过，时间一长，我们发现这个女老师真的不简单。从老庄的大道无极，到张恨水的言情往事，从大仲马的复仇公爵，到美国国防部长的口误，都是信手拈来，侃侃而谈，让人沉浸其中，如痴如醉。

渐渐地，我们知道了她原来就是我们这个学校的学生，大学毕业后，又回到了母校。我有晨练的习惯，几乎每天跑步的时候都能遇见她。大家年纪相仿，时间久了就成为不错的朋友，常常一起锻炼，聊天，讲笑话。和她在一起的日子，成了我高中里很快乐的记忆。

高中第一个学期快要结束的时候，始终微笑着的蔡妍妍有几天异常沉闷着，也破天荒地没晨练，甚至请了假。不久之后，我才知道她生了一场大病。一周之后，我早晨锻炼的时候又遇见了她，连忙跑上去想安慰她几句。

我还没说几句，她笑着打断了我："活着，就要像明天就会死去一样。这样一来，你就会分外珍惜当下的时光。再大的苦难也大不过生死，一旦想到这些，你就会心存感恩，不去计较那些是非恩怨，心里也就不那么累了。"我当时并不同意她的观点，却不知道该怎么劝慰她。

在以后的日子里，我再也没看到蔡妍妍难受的表情。

高中生活对于我来说枯燥乏味。我不知道该如何度过我的高中时光，成绩很差的我对未来感到迷茫。我像大多数人一样逃避而不去设想将来；整夜整夜地玩电脑游戏，靠着虚拟的快乐来支撑生活；一有时间就和同学朋友喝得烂醉。

在随后的一个学期里，我再也没有去锻炼身体，也没有在课堂之外的地方遇见蔡妍妍。不过，始终微笑着的蔡妍妍越来越漂亮了，而我则在混沌而毫无规律的生活中透支着我的健康。直到有一天，酒精中毒的我被送到了医院，我的生活才彻底发生转变。

都没想到的是，我和蔡妍妍会在医院相见！作为义工的她恰好负责护理我的生活起居。在医院的那些日子彻底改变了我的人生。

我再也不能打游戏看网络小说了，只能乖乖地躺在床上看着窗外的风景打发时光。蔡妍妍没课的时候就会来陪我，我却不好意思面对她。在我人生最颓废的时期，她曾不止一次地劝过我。而听不进劝告的我，如今只能尴尬地躺在病床上让她照顾，心里别提多难受了。

不过，蔡妍妍对此毫不介意。她常常找机会和我谈心，帮我疏导抑郁的情绪。渐渐地，我开始乐观起来。我问她为什么能如此豁达地对待生活，她告诉我："我上大学的时候，曾经是校登山队的成员。大四夏天，我们几个人去西藏登山……"说到这里，她笑了笑，"那时候太年轻，以为年轻就可以战胜一切。可我们……连续几次登顶一座普通的山峰都没有成功。那几天里，失败压抑的情绪在我们队里蔓延开来。我们的自尊心受到了打击，对自己的能力产生了怀疑，甚至觉得自己是如此的无能。"她的话让我心中猛地一震，我的生活不也时刻充斥着这样的情绪吗？

"最惨的一次，我们几个人被困在半山腰上，氧气快要用完了，生命面临着考验。我们几个女孩儿吓得哭了，其他人也吓得不知所措，谁都不知道明天是否还能下山。就在这时，我们发现向导居然躲在睡袋中呼呼地睡了起来。"我吃惊地望着她，她微笑着继续说道，"后来，我们安全下山后，大家就问向导当时害不害怕。向导告诉我们，藏民中有句谚语——淤泥里也开着格桑梅朵。格桑梅朵是西藏特有的花，这句话的意思就是当现实无法改变时，不要恐慌不要焦虑，而要放松心情，努力过好当下的时光，就像开在淤泥里的格桑梅朵一样，多肮脏的环境下都能让自己活得漂亮。”说完，她转过头对我一字一句地说道：“你喜欢打游戏逃课，可你自己心里真的快乐吗？所以，生活不是给别人看的，更不是做欲望的奴隶。无论环境怎样，人都要让自己的每一天过得快乐充实，过得有意义。”一旁的我陷入沉思当中……

若干年后，已经成为公司主管的我意外地收到了来自贵州的一封信。信里有一张照片，照片上是笑容灿烂的蔡妍妍和一群山里的孩子。她告诉我，现在的她正在贵州支教，她在这里认识了一个和她很相似的支教男孩儿，还有一群可爱的山里学生。

我常常叹息着，为这个活得漂亮的女孩儿。如果没有她当年的教导，也许，我现在仍一事无成。

我猛地推开窗户，温暖的阳光照亮了我的胸膛，也照亮了我心中那朵格桑梅朵。

高考前夕的灯光

/刘会然

那年，他读高三，复习进入高考前的白热化阶段，不知道怎么回事，他应考的激情却荡然无存。难道真的是班上唯一的竞争对手刚转学回老家的缘故？

父亲看到他这个样子，忧心忡忡。在这个节骨眼上，父亲怎么忍心看儿子如此崩溃？一向发奋苦读的儿子，难道真的无法度过高考这一劫？父亲也很早就知道，他这个人一旦缺少学习的竞争对手，学习是没有激情的，就像没有被风吹过的湖面，泛不起任何涟漪。

在他还很幼稚的心目中，战胜对手的欲望才是他挑灯苦读的唯一理由。

那天，父亲兴致勃勃地对他说，对面那栋旧的大楼里住进来一个女孩，听说也是高三学生，她以前在外地借读，现在回来准备参加高考了。父亲还说，听说她以前的学习成绩在班里也是数一数二的，今年的高考目标和你一样——复旦大学。

听父亲这样一说，他疲软的心绪犹如寒冬过后的劲草，东风一吹就恢复了生机与活力。

很快，一脸憔悴的父亲忧伤地告诉他："孩子，真对不起，临近你高考了，单位却安排我上夜班。"

以前，每天晚上学习累了的时候，他总习惯抬头凝视窗外，可窗外迎接他的只是一片漆黑，他的思绪也如夕阳下的归鸟，倦怠扑面而来。现在的每天晚上，对面的灯光透过窗帘笔直地朝他射来，是一种柔和的灯光，更是一种无声的挑战。不管有多疲倦，只要对面的灯光不熄，他都会重新坐下来，继续拿起书本。

每天默默地注视着对面的灯光，他不停地猜想她的模样，是高是矮？是胖还是瘦？……但对面的窗户始终紧闭，回答他的依然是直射过来的灯光，厚重的窗帘斩断了他一切窥视的欲望。

或许是上夜班的缘故吧，每天父亲回来后总是哈欠连连，但在布满血丝的双眼深处，透出一种难以抑制的亢奋。父亲似乎比他更关心她，时不时给他谈起对面的她读书的情况。父亲说她很刻苦，每天晚上要到深夜十二点才休息，每天早上五点半就会起来看书。当然这个他比父亲更清楚，对面的灯光的确都是每天十二点准时熄灭，清晨五点半准时亮起来，天天都是如此，周末也不例外。

夏天是短暂的，炎热也总会过去，在炎热的夏季里，他终于蹚过了高考这条人生的大河。可他对她的关切却犹如酷夏般热烈。他毅然决定在考完之后，一定要见见这个对手的庐山真面目。

他选择了一个阳光灿烂的午后，爬上这栋期待已久的大楼。他站在她的房间门口，霎时，一个熟悉的，伴随了他十八年的鼾声，从门缝窗缝里传来，像闷雷般颤响。不知什么时候，他发现自己的眼里下起了夏季才有的滂沱大雨。

熬过生命中的冬季

/徐立新

阿拉斯加丹那利的冬天是大自然杀生的时节。因为紧邻北极,这里的冬天异常寒冷,气温常会降至－20℃,此时,所有生活在这片土地上的动物都面临着同一个难题,即如何抵御寒冷,熬过酷寒。

为了避开恶劣的天气,许多小动物都要躲到地底深处,冬眠或尽量静止不动,以减少内耗。这其中有两种小动物的越冬方式最令人惊叹和深思。

第一种便是林蛙,作为丹那利唯一的两栖动物,林蛙熬过寒冷冬季的方法,是将自己的身体完全“冰冻”起来,以“冻”制“冷”,和河中冻结起来的冰块混为一体。

为了能把自己“冰冻”起来,林蛙要付出超常的代价和痛苦——跳入一片即将封冻的冰冷河水中,然后一动不动地浸泡在其中,一直等到温度下降到足以把它连同河水一起冻僵、冻结起来。而林蛙之所以要这样做，是因为它在被冻僵的过程中，随着体温的不断降低，会自动分泌出一种糖液物质，这种物质能慢慢覆盖林蛙的全身，形成一层厚厚的保护膜，以保证它身体内所有的重要器官，在即将到来的更严酷的低温下不冻破裂。能保护好这些重要器官，即便是林蛙的表皮再受损伤，也能平安越冬。

整个“冰冻”的过程中，最难抉择和煎熬的，当属跳入河水中一刹那间的勇气，以及浮在水面上等待被冻结的坚持。每年都有不少没有经验的幼林蛙，因为忍受不了水中刺骨的寒冷，迫不及待地重新跳回到河边，因此不能分泌出保护液，很快就在严寒到来之时活活被冻死。

与林蛙“冰冻”过冬法不同，另一种生活在丹那利的动物——北极地松鼠，也有自己忍受酷寒的独门之法，那就是它在冬眠的过程中，会不停地颤动，收缩自己的肌肉，以运动的办法制造热量以保暖。但令人惊叹的是北极地松鼠收缩肌肉的坚持性，它一次收缩自己的身体会连续颤抖十二至十五个小时，其间一秒都不停息，一次颤抖完成之后，稍微休息片刻，北极地松鼠会接着进行第二轮收缩，如此反复，周而复始。

研究表明，如果北极地松鼠停歇的时间一长，它的体温就会迅速下降，很快被冻死过去，永远醒不过来了。北极地松鼠的这种连续颤抖，通常是在地底下的洞穴里完成，而且很微妙，需仔细留心观察才能知晓，因此之前一直都没有被人类发觉。

一个是跳进冰冷河水等待被冻结的煎熬，一个是冬季旷日持久的坚持收缩颤动，林蛙和北极地松鼠这两种看似截然不同的御寒方法，实则都在表明同一个道理——谁也无法阻挡生命冬季的到来，上帝已经给每个生物开出了御寒的方法，虽然这些方法也许并不是什么"良方"，但只要你遵从，并且能在执行的过程中作出一定的牺牲，那么就一定能平安地度过这个季节！就如同当春季悄悄降临丹那利时，阳光会射入林蛙和北极地松鼠的床铺，渗透进它们看似僵死的躯体，融化它，让它们奇迹般地从冰冷的死亡状态中复活过来，迎接又一个花红柳绿、充满生机的崭新春天！

姜子牙和周公的预言

/王磊

商朝末年，纣王无道，天下大乱，生灵涂炭。危急之时，周武王振臂一呼，群雄相应，一举推翻了商纣王残暴的统治。天下平定之后，周武王大封功臣，姜子牙和周公因为功劳最大，所以被分封在最重要最富饶的地域，他们分别成为齐国和鲁国的开国之君。

分封大典之后，姜子牙和周公聊了起来。姜子牙问周公将要怎样治理鲁国，周公告诉他："我将会尊重位高权重的帝王和其他诸侯，同时努力提拔有血缘关系的人来治理国家，给宗亲们更多的信任。"姜子牙听完之后，微微一笑："你打算只依靠有血缘的人治理国家，那么人才可选择的范围就小，很难找到经天纬地之才，鲁国的后代必然难以成就丰功伟业，后世必定只是一个弱国而已。"

周公谦恭地听完姜子牙的话之后，又请教他怎样治理齐国。姜子牙挥舞着衣袖,豪情万丈地说道:"我将不拘一格选拔人才,不考虑他的地位、家室和名望,只看重他的能力。我会鼓励人才之间的竞争,然后选择最强者帮助我的子孙治理国家。"姜子牙说完之后,周公默然无语。

姜子牙好奇地问周公为什么不说话,周公轻轻叹了一声,缓缓说道:"您这样选拔人才,一定会选拔出豪杰来。可是,您的子孙未必代代都像您这样英武,而每代选出来的人才却总是出类拔萃的。那么将来肯定会有一天,齐国出了软弱的君主,而选拔上来的大臣又太厉害,君弱臣强,很可能会有被人篡国的危险。"

周公说完之后,姜子牙也没说什么。两个人虽然都觉得对方说得有道理,但还是按照自己原来的想法在各自的诸侯国里推行政策。后来,齐国由于任人唯贤,真正的人才得到了重视,所以国力迅速强大了起来,到了齐桓公的时候,更是成为春秋第一个霸主,号令天下,威风八面;而这时的鲁国由于只重用有血缘关系的姻亲,真正有能力的人很少能进入最高决策层,所以国力一天天衰弱下来,只能靠依附强国才能生存下来。

然而,齐国由于选拔出来的人才能力太强,又懂得收买人心,慢慢地将国君架空,尤其是姜子牙的后代传到第二十四代的时候,权臣田氏家族兴起,国君懦弱无刚,田氏家族干脆杀了国君,篡国自立;而鲁国虽然国力贫弱,但由于当政者都是周公的嫡系子孙,彼此之间都有血缘姻亲,所以虽然内乱不断,但权力一直掌握在周公后人的手中,一直传了三十二代。

历史的发展惊人地印证了数百年前姜子牙和周公的预言。真正的圣贤、真正的智者能够从事物的源头来判断它的发展。在平常人眼中，小溪就是小溪；而在智者眼中，能够根据小溪的流量、方向和地势来判断哪条溪水能够成为长河大江。

找到事物的源头，分析它，改变它，让它按照自己规划的方向去发展，我们就能创造奇迹，书写历史。

那个坐在角落里的鼓手

/李丹崖

我一直认为，酒吧是一个吃了兴奋剂的小社会，太喧闹，所以很少涉足。除非因为业务应酬而难以推托。

我去的这个酒吧蜷缩在一个巷子里。巷子外是安然的民居，附近的居民们清晨去街市上买菜，中午坐在墙根晒太阳，晚上，他们搬条凳子，在院门口拉家常，一派安宁与祥和。所以，我一直觉得，把酒吧开在这里，如同一个乡下干粗活的女子文了眉漂了唇，极不相称。

我来这里几次，除了喧嚣之外，别的我很少记得什么。唯有那个摇滚乐队里的一个鼓手。

他留着很长的头发，穿着也很时尚前卫。他没有乐队主唱的嚣张，总是很醉心地在灯光昏暗的角落里敲着自己的爵士鼓，他表情木然，仿佛眼前的灯火与他丝毫不相干。

我开始喜欢这样一个鼓手。因为，他的眼神里透露出一种不食人间烟火的味道，一种处淤泥而不被污染的清高。这样一种清高，在这个纸醉金迷的角落里，真的是太难能可贵了。

但是，有一天，我突然改变了对他的看法。

那是一个醉了酒的男人，五十岁上下，是个瘸子，口口声声喊他“儿子”，从酒吧小小的舞台上一把把鼓手拉下来，骂他不孝顺，说已经两个月没给他生活费了。

我对鼓手的看法有了一百八十度大转弯。

鼓手在高消费的酒吧工作，一个月能挣不少钱，但是，对于这样一个丧失了劳动能力的父亲，为什么这么吝啬呢？我开始对鼓手投去鄙夷的目光。因为，在我看来，一个人只要不孝顺，再有风度再有才也会被人鄙视。

后来有一天，我去医院看病人，恰巧遇见鼓手，他正手捧一束鲜花，慌慌张张地朝一个漂亮的护士手里塞，那个护士不住地躲闪。鼓手在我心目中的印象再次打了一个大大的折扣。我仔细看过鼓手手里的那束花，少说也要一百来块，为什么追女孩子舍得，对自己丧失劳动能力的父亲却那么吝啬？

有一段时间，我休假在家，装修自己的房子。因没有业务往来，所以很长一段时间没去那个酒吧。一天早上，我家的门铃突然响了起来。我开门一看，是那个鼓手，推着一辆轮椅，轮椅上坐着一个年逾古稀的老人。原来，他们看到了我的租房广告，打算租我一楼的房子。

我犹豫再三，天这么冷，他推着老人一定很冷，天气预报说，马上还要有雨雪天气，我勉强答应了他的请求。

由于鼓手每天早出晚归，我很少见到他，闲暇的时候倒是见过几次那个坐在轮椅上的老人。一天，老人与我拉家常的时候，我才知道他是鼓手的爷爷。从爷爷口中得知，鼓手叫小海，小海的父亲嗜赌成性，在小海十岁那年，母亲就跟父亲离婚了，爷爷一气之下得了中风，从此半身不遂。没有了家人的管束，小海的父亲赌得就更厉害，小海十六岁那年，他父亲输光了所有的家财，小海就在酒吧里找了一个做鼓手的差事，用演出挣来的钱给爷爷看病。有一段时间，小海听说给爷爷多做些护理，病情就会好转得快，小海就把爷爷送到了医院，但是，人家一看小海的爷爷年龄这么大，都不愿接诊，小海就到医院里到处央求医生和护士……

讲完了小海的故事，他的爷爷长叹了一口气说："最终，一个护士答应了给我做护理，我不知道小海是怎样说服她的……最近，小海又报名上了自考本科，就更忙了……多亏了小海这孩子啊！"

我猛然间想起酒吧、医院里关于小海的两个场景，原来，我一直在误读着一个这么善良的孩子。

那天晚上，尽管没有应酬，我还是特意跑到酒吧去看了小海。他就坐在灯光昏暗的角落里，眼睛里闪烁着无比明媚的光。

像槐花一样的青春

/甘中利

十四岁那年，我读初二，跟着父母兄弟，住在体育场后街的一座独门独院里。

房是瓦房，又低又矮，有些年头了，比不得对面。对面是一栋家属楼，红砖的，四层，只是住户寥寥。早在几个月前，楼前显眼的地方就已贴了大红的告示，说，家属楼要拆了，就在年底。于是，一家一家，把大大小小的东西，都清理出来，搬到别处去了。很快，偌大的一片地，空了，静了。只有一排槐树，叶翠绿，花含苞，独自在楼前晃。

却在某一日，冒出一对母女，径直寻到了楼下。女孩长得水灵，脑后扎着马尾辫，长长的，一走一晃，很好看。只是她的脸苍白，像得了重病的样子。而她的母亲，则紧跟在她身后，手扶着她，一步一步往前挪，嘴里还不时说着什么。

她们只站楼下看一眼，就住下了，是三楼临街的一户。

长久的寂静很快被打破了。楼道上,有了响动,是女孩的母亲,在前前后后忙个不停。她的头顶横有一根绳,绳上晾着一些手绢,都是刚洗过的,红的,白的,黄的,像蝴蝶,在风里飞舞。远远的,招人的眼。

从此以后,每天上学下学,走过那条街时,我都忍不住要朝楼上的那个角落,偷偷地望一眼,而她,却是永远地高高在上。真的,从没见过她下楼,也极少见她走动。几乎所有的时间,她都在那个固定的位置,坐一张高脚椅,双手撑头趴在护栏上晒太阳。对我来说,这无疑是一个谜,一个让我浑身不自在的谜,总想去探个明白。

终于有一次,也就那么一次,起了大风。这时,槐花已开,白白的,碎玉一样的花,一簇一簇,开在高高的枝头上。而我,正躲在一棵槐树后望她。风吹落了一地的槐花,连同她的手绢。我飞快地跑过去,拾起来,一路冲上楼去。上楼时,我做贼似的猛嗅了几下手绢,香,像槐花一样的香。顿时,年少的心,像爆米花,"嘭"的一声,炸开了。

遗憾的是,等我上了三楼,她母亲已在楼梯口等着了。那次我离她最近,只隔了几米远,却又不敢正眼去看,只胡乱地把手绢往她母亲手上一塞,就飞也似的跑开了。

但心却没跑远,一直一直都在那里绕啊绕的,不肯离开。

每天早上,我会起得很早,去她楼下读书。我就站在槐树下,背文言文,读英语单词,大着声儿地喊叫,以引起她的注意。心里是无比欢喜的,我相信她听得见,甚至还感觉到她在看我。我也会偷偷望她,却又害怕撞上她的目光。有时撞上了,我就立即移开,一颗心却怦怦跳个不停,连读到哪里都忘了。

每天下午放学后，我会去她楼下滚铁环。铁环和铁钩都是我自制的。我推着它，围着那一排槐树成S形绕，成环形绕，甚至还能上台阶下台阶，轻轻松松，自自然然。我一边推一边吹口哨，或哼歌，还故意把铁环推得飞快，好发出当当的响声，让她听见，看看我多厉害！

这样的日子，好似美酒加咖啡，一杯再一杯，让人有种绵长悠远的感觉。

然而，就在数月后的某个中午，我下学回来，走过那条街时，照例朝楼上那个角落望了一眼。这一望不打紧，竟找不见她的影子了，连楼道上常在的手绢也寻不见了，我的心猛然一紧，像踩空了一般，急速地掉下去，掉下去。我甚至还跑到槐树下，装作不舒服的样子，大声喊叫，亦是不见楼上有人回应。彼时，槐花早已落尽。

楼前的那一片地，再一次空了，静了。

如今，多少年过去了，槐花开了又落，落了又开……那一片地的容颜，一换再换，过去的影子也早已荡然无存了。唯一不散的，是槐花的香，长长久久地缠绕在我心间。每当槐花盛开的时节，我都会想起那一树槐花，想起槐花一样的她，以及我那像槐花一样的青春。

第七辑

花开的时候吵到你了吗?

我的青春，我的航标

/闫红君

十六岁那年，我考进了一所离家很远的寄宿高中，从此开始了新奇的高中生活。让我没想到的是，在高中里我交下的第一个好朋友竟然不是学生，而是我们的语文老师！刚毕业没多久的语文老师周宁比我们大不了几岁，在球场上踢起球来比我们还疯狂。刚开学没多久，特别喜欢踢球的我们俩就认识了。渐渐地，我们发现彼此都喜欢看漫画打游戏，越聊越投机，他也根本没有老师的架子，我们很快成了谈得来的好朋友。

我不仅和语文老师成了私交不错的朋友，也很快和班里的同学们混熟了。刚开学的一段时间功课很少，我们这群没太大压力的男孩儿、女孩儿每天都在变着法地玩，享受着高中生活带来的快乐。随着时间的推移，我和周宁的关系也越来越近，彼此有什么需要帮忙的，都会叫上对方。

开学还不到一个月，周宁便拉着我陪他去买海绵垫子。原来，住集体宿舍的周宁总觉得学校配的海绵垫子太软了，于是便趁着休息的时候四处寻找更厚实一点儿的海绵垫子。可是，我们连着跑了两个周末，都没能买到他想要的那种厚海绵垫子。又一次空手而归之后，走得两腿发软的我发起了牢骚，我埋怨他太挑剔，什么样的海绵垫子还不能凑合着住？

周宁听了我的埋怨，平日里笑得跟向日葵一样的脸突然变得异常严肃起来："很多事情不能凑合的，否则遭罪的只有自己！睡觉的事情怎么能凑合？"周宁的话让我愣了一下，不过我也没往心里去。后来，周宁终于买到了合适的垫子，他劝我买一条，我嫌麻烦也没再买。然而，当冬天来临的时候，我才后悔没听周宁的话。每天晚上睡到半夜，就感觉床上凉冰冰的，好几次半夜根本睡不着觉，悔得肠子都青了。这是我第一次明白了周宁为什么那么不愿意凑合。

为了能尽快融进同学们的圈子里，我便和座位周围几个喜欢看小说的同学成了朋友。虽然大家没有太多的共同语言，但我还是努力想成为他们的一员。大家天天形影不离，显得非常要好，可只有我自己知道，我根本不喜欢看小说，和他们在一起努力显得很亲密，也只是不想让自己显得太孤单罢了。为了让自己不落单，即使他们旷课出去租小说，我也跟着去。

一天放学之后，周宁忽然在操场上叫住了我。我们一边喝着可乐，一边在校园里散步。在散步的过程中，周宁慢慢说出了叫我出来的目的——他希望我离开那些看小说的学生，因为我跟着他们已经学会旷课了。我告诉了他我的苦衷，我也不喜欢和这些人在一起，但现在我没有其他兴趣相投的同学。他猛地拍了一下我的脑袋，恨铁不成钢地冲我大吼了起来："你不能因为孤独就去结交不适合你的朋友！友谊的事儿，怎么能够凑合？不适合你的东西，虽然能给人带来暂时的光环，可很快就会让你适应不了的！"周宁打完我，气呼呼地转身走了。

那天之后，我仍旧是我行我素。可不久之后，我渐渐发现自己和周围这些人真的没什么共同语言，大家能沟通的越来越少，而且还常常产生误会。后来，我发现这个圈子真的不适合自己，便不再和他们一起在课上看小说，不再一起逃课逛书店，也不再在晚自习的时候山南海北地胡侃了。

我渐渐恢复了以前的生活，每天安静地看书，不再去刻意迎合别人。高一第二学期开始的时候，常常有成绩不错的同学来和我探讨学习上的问题，偶尔也谈谈别的东西。时间一长，我身边谈得来的朋友渐渐多了起来。这些和我性格相似、兴趣相投的同学成了我真正的朋友，我本来枯燥的生活也渐渐精彩了起来。当周宁看到我和这些好朋友在一起时，笑着摸了摸我的头发，满脸的高兴。

青春的日子总是过得很快，转眼之间，上了高二的我们要分班了。虽然我比较喜欢文科，但父母说理科将来更容易考大学找工作，于是我便选择了理科。周宁知道这事之后，在走廊遇见我的时候歪着脑袋看了我半天，瞅得我直发毛！"我想知道，我们全年级语文和历史成绩最好的学生怎么会上理科班？"周宁满脸坏笑地说道。我尴尬地笑了笑，支支吾吾说出了我的理由。"草食性动物的胃是消化不了生肉的！

你不能为了别人的想法就凑合自己的学业，否则‘消化不良’的后果只能你自己承担！”

周宁说完，我久久无语。那天夜里，我辗转反侧，想了很长时间。第二天，我终于鼓足勇气告诉爸爸妈妈，其实我更想上文科。父母无奈地叹息着，却没有为难我。看着他们失望的表情，我甚至想收回自己的话，但在我犹豫的刹那，我忽然想起了周宁那张坏笑着的脸，又狠狠下定了决心。

事实证明，我这次的选择是对的！很多同学因为各种各样的原因而选择了并不适合他们的专业，最后不是成绩大幅下滑，就是迫不得已重新选择。从这件事情之后，我渐渐明白了一个道理——无论任何时候，你都不能凑合了事！只有选择那些真正需要和适合的东西，你才能活得成功！

后来，我在文科班里的成绩稳步提高着。高考的时候，我考上了一所北京的学校，让父母高兴不已。我去向周宁报喜的时候，正看见一个西装革履的中年人笑骂着敲着周宁的脑袋。事后我才知道，那个衣着考究的中年人是个富商，也是周宁的爸爸。周宁的爸爸一直希望唯一的儿子能接自己的班，但周宁最喜欢的居然是当老师，为了这个，父子俩冷战了好几年，最后还是当爸爸的作出妥协，还不远千里来看周宁。

很多年后，当手下的员工问我为什么做什么事情都那么认真的时候，我笑着告诉他们：“曾经有一个朋友告诫过我——什么事情，绝对不能凑合！”说着，我想起了当年我和周宁一起送他父亲离开时候的情景。看着渐渐远去的父亲，周宁忽然流下了泪水。他告诉我，他觉得很对不起父亲，但他还是不想凑合自己的人生。“记住！我现在是一个成功的老师，你是一个成功的学生，我们取得的一切，都是因为我们绝不纵容自己，凑合生活！”

这句话，我一生都无法忘记。

年少的时候，就像经验不足的水手在驾船航行，不时地偏离一下航道。这时，远处的航标塔发出醒目的灯光，告诉我们哪里才是正确的方向。于是，我们就这样不停地偏离方向，然后在航标塔的指引下走上正确的航道，直到我们渡过重重险滩，到达胜利的彼岸。

青涩时光里的那座航标塔，必将照亮我的一生。

风雨无阻

/仲利民

狂风、暴雨,夹杂着闪电,猛烈地袭击这个小城。她立在房间一角,瑟瑟发抖,停电了,整个房间漆黑,闪电扑进屋里时,亮光闪动,似有幢幢人影在屋里乱窜,她惊叫不已,恐惧顿时攫住了她的心。

她租住在这个小小的套房里,孤单、恐惧就像不时乱窜的黑影,她忍不住给他发了一个信息:怕!

她忘了现在外面的世界,狂风大作,暴雨如注,交通陷入瘫痪状态。他离她有三公里,接到她的短信,没有丝毫犹豫,立即奔下楼,路上空无一人,车辆也消失得无影踪。只有风在张狂地啸叫,雨也左冲右打地砸下来,他摸了一把脸上的雨水,想让视线看得远一些,却是白茫茫一片,树枝、灯箱、广告牌,和雨水一起飞舞,哪里有车的影子?

他怕她更加恐惧,向风雨里迈出步伐。三公里,在狂风暴雨里显得格外漫长,他向她坚定地走去。

雨水打在脸上生疼,就像冰雹狠狠地锤砸。他摸了一下额头上的雨水,整个世界都在风雨里发呆,他像是一只随风奔跑的杂物,在雨水里湿透。

他想的只有她,她一个人在暗黑的屋里,该怎么应付?她大概从未见过这样的暴风雨。其实他也从未见过,但是她现在需要他去安慰,需要他的关爱。即使风狂雨大,他也要义无反顾地奔赴。

任何空洞的安慰都无济于事,她现在要的是他宽阔的怀抱。

他懂得,所以风雨无阻地奔赴。

临近小区,积水没过他的膝,他只能在水里跋涉,歪歪斜斜的行道树像一个个魔鬼向他伸出手,他只能在空隙里向前走。

终于摸到她的门前,敲门,咚咚,她一边尖叫着,一边奔过来。不顾他浑身向下滴水,一下扑进他的怀里。

他抚摸了她的脸,让她安静下来。

鞋里积满了水,走起来噗噗地响,衣服都泡透了,水直往下流,头发伏在皮肤上,她看着他的样子,安静下来的心怜惜地为他拭去脸上的雨水。

她只要他在身边,却不知他是如何过来的。那些风,那些雨,会隔断多少人的脚步?她只是一个短信,他就急急地奔过来。穿越狂风,穿越暴雨,穿越三公里城市的无人街道。

有些爱,给的是锦绣言辞;有些爱,给的是华衣丽裳;有些爱,给的是美味佳肴;有些爱,给的是富裕华贵;有些爱,给的是温暖人生；有些爱，给的是风雨无阻……

他爱她，只要她需要，他就会义无反顾地为她而来。风、雨，艰难、困苦，甚至灾难，他都不回避。

花开的时候吵到你了吗？

/纪广洋

寺院里接纳了一个年方十六岁的流浪儿，这个流浪儿头脑灵活，嘴勤脚快。灰头土脸的流浪儿在寺里剃发沐浴之后，就变成了干净利落的小沙弥。

法师一边关照他的生活起居，一边因势利导教他为僧做人的一些基本常识。看他接受和领会问题比较快，又开始引导他习字念书，诵读经文。也就在这个时候，法师发现小沙弥的弱点——心浮气躁，喜欢张扬，骄傲自满。例如，他刚学会几个字，就拿着毛笔满院画；再如，他一旦领悟了某个禅理，就一遍遍地向法师和其他僧侣炫耀；更可笑的是，当法师为了鼓励他，刚刚夸奖他几句，他马上就在众僧面前显摆，大有唯我独尊，不可一世之势。

为了改变他的不良行为和作风，法师想了一个用来启发点化他的非常美丽的教案。这一天，法师把一盆含苞待放的夜来香送给这位小沙弥，让他在值更的时候，注意观察一下花卉的生长状况。

第二天一早，没等法师找他，小沙弥就欣喜若狂地抱着那盆花一路招摇地跑来了，当着众僧的面大声对法师说："您送给我的这盆花太奇妙了！它晚上开放，清香四溢，美不胜收，可是，一到早晨，它又收敛了它的香花芳蕊……"

法师就用一种特别温和的语气问小沙弥："它晚上开花的时候，吵到你了吗？"

"没有。"小沙弥高高兴兴地说，"它的开放和闭合都是静悄悄的，哪能吵到我呢？"

"哦，原来是这样啊。"法师以一种特殊的口吻说，"老衲还以为花开的时候也会吵闹着炫耀一番呢。"

小沙弥愣了一阵之后，脸唰地就红了："弟子领教了，弟子一定痛改前非！"

深沉的人就像美丽的花朵，开放时吐露芬芳，收敛时安静无声。山深愈幽，水深愈静，真正有学问有道行的人，真正成功和芬芳的人生，无须张扬和炫耀。

老族长的智慧

/朱国勇

在我的家族中,流传着这样一个真实的故事。

清康熙十六年,庐江府一个叫朱尚孟的穷秀才,先是中了举人,接着又中了进士,被朝廷钦点为浙江海宁七品知县。正当朱尚孟一家扬眉吐气之时,朱氏宗族的老族长召开了宗族大会,把朱尚孟从族谱中除了名,声称朱氏宗族从此之后与朱尚孟一家再无瓜葛,并报当地县衙登记备案。朱尚孟心中纳闷不已,也不知道自己到底犯了什么错,只好带着家人上任去了,从此与庐江朱氏族人断了音信。

康熙五十年,朱尚孟受《南山集》案牵连,被诛灭九族。而庐江几千名朱氏族人因为早已与朱尚孟划清了界限,才在这场浩劫中得以幸免。

人们这才明白了老族长的一片苦心。伴君如伴虎啊!老族长的做法,从此被朱氏族人津津乐道。

无独有偶，当岁月的长河逝去了整整七十年后，清乾隆四十六年，庐江朱氏又出了一个进士朱绍宇，被点为江苏太仓七品知县。有感于七十年前朱尚盂的旧事，上任之前，朱绍宇来到现任族长家，主动要求在族谱中除名，以免将来有事殃及族人。没想到，族长不但没有将他除名，而且还举行了盛大的宗族庆典，庆贺此事。

漫漫几十年后，朱绍宇官至直隶总督。在朱绍宇的提携扶持下，许多朱氏族人在仕途商界取得了不俗的成绩，朱氏家族也一跃成为庐江的名门望族。

为什么同样的事，朱氏宗族却采取了截然相反的态度呢？

还是族长揭开了谜底：康熙年间，满人天下初定，大兴文字狱，杀害汉人精英及知识分子。此时为官，祸大于福。而乾隆年间，天下太平，经济繁荣，更重要的是满汉矛盾已趋于无，此时为官，正是鲤鱼跳龙门，前程无量啊！

族人听了，恍然大悟。

因时而动，区别对待，庐江朱氏家族无疑是个智慧的家族。

只有上半身的成功者

/吕麦

美国著名黑人摄影师肯尼出生时，只有半截身子。他在父母的精心照料下，终于活了下来。渐渐长大的肯尼，不想成为父母永久的负担，他要自己照顾自己。但普通人轻而易举做到的事，对只有半截身子的他，无疑是件非常困难的事情。为此，他付出百倍的艰辛和努力。

首先，肯尼学着用双手走路，靠胳膊的力量支撑身体。他在家里的楼梯、房间的木板墙上，钉着许许多多的把手，用以作为支撑自己的着力点。

肯尼家的楼梯有十七级，每一级楼梯高约二十厘米，肯尼便在每一级的楼梯两侧，分别钉上两个把手。上楼时，肯尼首先靠两个把手“站”稳，然后腾出一只手来握住楼梯扶手，接着另一只手握住扶手，然后两只手同时发力，将自己的身体提升起来，才能上一级楼梯……每爬两三级楼梯，肯尼就大汗淋漓，需要休息一下。爬完十七级楼梯，肯尼常常累得瘫在地上，大口大口地喘气。但他从不放弃，天天用这种方法锻炼自己的毅力和肢体活动能力。就这样，肯尼不仅能照顾自己，还帮着爸爸做家务：他会洗车、修剪草坪等。后来，肯尼迷上了摄影，他每天用两只胳膊代替双腿，行走在大自然中，把身边的一切美景拍下来，和世人一起分享。

坚强的肯尼说："上帝虽然少给了我两条腿，但我从不放弃自己，付出比别人更多的努力，一样可以生存。亲爱的朋友，在你拥有的每一天，别对自己说'不可能'。如果我可以做到。你一定也可以！"

可不是吗？成功的肯尼告诉我们，上帝手中没有失败品！每一个人都是最棒的，都是上帝的精心之作，除非他（她）不懂得善用上帝赐予的礼物。每一种缺陷可能是一种痛苦，但也有可能成为动力。前提是——自己必须勇敢地面对和正视，坚强地把缺陷转化成动力就可以了！

猎豹“兄弟连”

/旺仔

猎豹以优美的身形、闪电般的速度、凶猛的扑咬，彰显着它强者的形象。其实，它们也有无助、脆弱，甚至可怜的一面，时时经受着生存的考验和死亡的威胁。

在博格瓦纳的利尼扬蒂大草原上，生活着一个由三只雄猎豹组成的“兄弟连”。长兄阿基利斯个性独立，勇猛强悍，是个天生的领导者和优秀的捕猎高手，弟弟奥丁和施瓦却总像个听妈妈话的温顺孩子。但迥异的性格，并不影响它们成为利尼扬蒂草原最成功的“兄弟连”。

三兄弟的领地隔壁，盘踞着表哥阿贾克斯，经常对它们的食物和地盘“豹”视眈眈。但彪悍的阿基利斯，绝不允许它进入自家领地一步。然而，即将发生的悲剧，彻底改变了一切。

这天，阿基利斯在领地边界巡逻时，闻到了一只雌豹留下的气味。交配的本能驱使它循着气味追寻“伊人芳踪”。可当它走进灌木丛时,遭遇了一条毒蛇,搏斗中不幸中招,毒液很快渗入它的血液。它孤独而无助地睁大一双豹眼,默默死去。而奥丁和施瓦,对这场灾难全然不知。

阿基利斯没有回来,奥丁和施瓦已经三天没有进食了。它俩从来没有单独捕过猎物,只能眼巴巴地等待,像一对被遗弃的孤儿般无依无靠,身边稍有风吹草动,就茫然地惊慌四顾。

又是一天一夜过去了,猎豹兄弟饿得奄奄一息。昏昏沉沉中,它们意识到,兄长可能回不来了,它们再也没有依靠,必须“自食其力”了。于是,它们开始尝试捕猎。

所幸,经过一番漏洞百出的攻击和全速奔跑后,奥丁捉住了一只小疣猪,独自大快朵颐起来。施瓦默默接受了“胜者为王”的规则,在一旁等待残羹剩饭。

翌日,有了一些捕猎经验的兄弟俩,成功杀死了一只大黑斑羚。可兄弟俩还没来得及饕餮,黑背胡狼发出的“报讯”声,便招来了臭名昭著的掠食大王——鬣狗。

鬣狗不费吹灰之力占有了兄弟俩花了九牛二虎之力得来的食物。凶猛的猎豹,怎么会对胡狼、鬣狗退避三舍呢?因为猎豹在全速奔跑捕猎后,剩余的体力再也无力做任何抵挡和反抗。否则,连同它们自身也会成为鬣狗、胡狼的战利品。以前,阿基利斯在时,它们多一份力量,可以轮流进攻、轮流喘息、轮流赶走掠食者,保住自己和食物。可眼下的兄弟俩经验不足,势单力薄,只能落荒而逃。

猎豹领地必须定期留下自己的气味,提醒入侵者闯入了别人的地盘。但毫无经验的兄弟俩却忽略了这一点。因此，当它们怏怏回到领地时，隔壁的阿贾克斯表哥已乘虚而入。阿贾克斯有几分做贼心虚地行走在它们的领地上，兄弟俩闻到了陌生的气味，一边警惕地巡逻，喷洒着尿液做气味标记，一边寻找陌生气味的来源。终于，它们拦住了表哥阿贾克斯。

猎豹之间虽然很少相互搏斗，但也会偶尔发生致命的攻击事件。然而，此时三只雄猎豹的地盘之争，却令人匪夷所思得像一场友谊热身赛，谁胜谁负并不明朗，更没有谁受伤，表哥仍然安然无恙地置身于表弟的地界上。

以后的每个黎明时分，奥丁、施瓦重视了边界的巡逻。但不管它们走到哪里，都能闻到表哥的气味。但它们毫无作为，似乎已默默接受了“入侵者”的存在。

一天，正当两兄弟进食时，阿贾克斯突然走近它们……在猎豹的游戏规则里，这是公然的挑衅。但令人震惊的是，兄弟俩不仅不动怒，还和表哥一同分享了食物。这种行为表现，不仅仅是容忍，更是接受。果然，在以后的日子里，阿贾克斯逐渐融入了奥丁和施瓦的“兄弟连”。

而因为它的加入，三只猎豹又像以前阿基利斯活着的时候一样，在大草原上奔跑逐鹿，捕猎食物百发百中，胡狼和鬣狗再也不能轻易夺走它们的战利品。很快，它们再次成为利尼扬蒂大草原上一股强大的捕食力量。

没有永远的敌人，只有永远相互依靠的生存。或许，今天的对手，为了生存而相互争斗、厮杀，但也许明天，两方就会携手共进，结为联盟。这，就是聪明的生存之道。

老翁旁边的小女孩

/李良旭

央视著名记者柴静深情地回忆起十年前采访吴冠中时的一幕感人情景。虽然已过去十年了，但谈起那次采访，柴静依然记忆犹新，恍如昨日。

吴冠中说，鲁迅先生曾写过一篇小说，叫《过客》。在这篇小说中，描写了一个叫过客的人，他不知道自己从哪里来，又要到哪里去，一直在路上奔走，很辛苦、很艰难。有一天，快到黄昏的时候，他碰到了一个老翁，就问这个老翁，前面是什么？老翁说是坟墓。他又问，坟墓之后呢？老翁说，不知道。

这时，老翁旁边有个小女孩说道，不，不，不是的，旁边还有许多野百合花、野蔷薇，我经常去玩。

仿佛石破天惊。老翁惊得目瞪口呆，嗫嚅地问道，我怎么没有发现过？

吴冠中说,生活中,有人往往用《过客》中老翁的目光去看待生活,无论身处什么样的生活境遇,总是一种悲天悯人的心态,目光所及,就像是一个个坟墓,心如死灰,浑浑噩噩,活得毫无生机、毫无色彩。在他们的生活中,缺少的正是小女孩的那种发现,发现生活中的美,发现生活中的艳,发现生活中的丽。

吴老说,他刚从巴黎回国时,他的绘画曾有一种很深的"凡·高印记"。绘画上有一种很深的灰暗、沉闷的色彩,与现实生活有着一种很大的差距。

看着这些画,他常常心绪难平。他感到他的绘画缺少一种活泼、轻松、明快的色彩。痛定思痛,他一改往日颓废、灰暗的色彩,用一种明快、艳丽的色彩去描绘生活、赞美生活。

他欣喜地发现,从此他的绘画跳出了以往的窠臼,绘画传达出的是人生的欢快和精彩,人生的妖娆和娉婷,人生的婆娑和绽放。

就这样,他一路走下来,从没有颓废和萎靡过。即使是在"文革"期间,他被迫下放劳动,仍然充满着革命的乐观主义精神,在十分简陋的环境下,用手中的画笔画出一幅幅精美的作品。

特别令人不可思议的是,吴冠中在被下放劳动的恶劣生活环境下,得了严重的肝炎,就连医生也感到束手无策,可他听说后,哈哈一笑道,噢,那我可要抓紧时间了,我还要抓紧时间去画几幅画呢。

吴冠中回到家中,立刻抓紧时间作画。画,画了一幅又一幅;笔,用了一根又一根;纸,画了一张又一张。他就这样沉浸在艺术享受之中,沉浸在美的生活向往中,将身体的疾病早已忘到九霄云外了。

“文革”结束后,吴老忽然想起自己得的严重肝炎,不知道现在怎么样了。于是,他画完一幅画,抽空到医院去检查了一下。医生检查后,吃惊地说,你的肝炎已痊愈了,一点问题也没有了,真的不可思议啊。

回忆过往,那一幕一幕情景仿佛又在眼前浮现,不再感到遥远和陌生。吴冠中诙谐地说道,他的肝病不治而愈,这也许是他一直用老翁旁边的小女孩的目光,去看待这个世界,用美好、乐观的意念战胜了疾病啊。

吴老的一席话,顿时让人心里溢满了柔软。

柴静说道,吴老是智慧的,他教会我用老翁旁边小女孩的眼光去看待生活。用这种眼光去看待生活,再多的灰暗也会变得一片明媚和锦绣。

逢花赏景，遇佛进香

/王者归来

有一段日子，我的心情非常纠结。

在那段时光里，失眠就像电话账单一样，每个月都紧随身边。我像是一条被放进滚烫油锅里的鲤鱼一样，躺在床上翻来覆去，无法入睡。不记得有多少个难眠的夜晚，我双手抱被，和天空中的一轮明月大眼瞪小眼地打发着难熬的时光。

夜空静谧，周围的世界都在月色轻柔的哼唱中悄然入睡，静如潭水。而我的心却在这安闲静谧的夜晚中不断地掀起波澜，有太多太多烦恼忧思让我无法安眠。别人少年成名香车豪宅都置办下了，我却还挣扎在温饱线上；岁月带走了父母的活力和精神，我却没能力给他们更好的生活；那么多人享受着爱情的甜蜜婚姻的美满，我却连个立足之地都没有。这些愁绪所带动的幽怨让我烦躁不已，我起身在屋子里茫然地踱着步。此时此刻,生命对于我都显得那么虚无而凄冷。

这样的日子持续了很长一段时间,我的生活像是一间见不到太阳的屋子,总是显得潮湿而憋闷。内在思考塑造外在形体,混乱低迷的思考状态让我的身体也变得日渐虚弱下来,直至到了不得不求助医生才能解决的地步。

我很幸运,碰到了一个好医生。和蔼的老人听了我的情况之后就说了一句话:“该工作的时候就工作,该睡觉的时候就睡觉。该睡觉的时候胡思乱想吃安眠药才能睡着,该工作的时候又打不起精神,这样的生活状态,你不生病谁生病?”老爷子俏皮地冲我眨了眨眼睛,我们俩互相看着对方,露出了会心的微笑。

老人家没给我开治疗失眠的药,而是嘱咐我要遵循自然的生活规律,万事不要太心急,这样身体自然会有好转。我严格地按照老医生的嘱咐,每天该吃饭的时候吃饭,该睡觉的时候睡觉,一切都遵循着人类千百年来通过进化而形成的规律来做。半个多月之后,我沾上枕头就能睡觉,想和失眠再花前月下“约会”也不可能了。

这次经历,让我心中种种的疑问统统释然了。人最重要的是要知道自己现在处于哪个阶段,有多少实力,只有这样,你才能知道自己能办多大的事情,从而制定一个合理可行的阶段性目标,心神才不会被那些辉煌而暂时遥不可及的目标吸引到迷惑的状态。

一个刚刚踏入社会的草根,身边的人际关系网也只是白手起家的同龄人,在所在行业里的名望和资历也不够,对社会游戏规则也不太熟悉。在这样的状态里，天天想着买房买车做老板，不仅难以实现，反而会让自己在追逐这些目标的过程中感受着一次又一次的打击，直到信心崩盘，情绪崩溃。

没能力成为学生会主席，我们却有能力拿到奖学金；没能力在几年之内成为百万富翁，我们却有能力考研成功；没能力迅速成为职场高手，我们却能干好工作守好饭碗。这些对我们现阶段最重要的事情，并且我们可以胜任的事情，就是我们最该做的事情。

逢花赏景，遇佛进香。到了什么阶段，就该做什么阶段的事情。这不是放弃理想，而是根据眼前的情况量力而行地为自己制定切实可行的成功方案。

外行看热闹，内行看门道。真正懂得篮球的人，只要看上一会儿 NBA 的比赛，就明白哪一方现在占据着优势，更可能获胜。如果你所在的球队奔跑速度不如对手，但是阵地攻坚能力却又远胜对手，那么无论对方开场打得多么好，领先了多少分，你也不能跟着对方以快对快地进行对攻。因为你的优势在于缓慢进攻中的阵地战里，只有用这种方式，你才能最终战胜对手。谁明白自己在现阶段最该干什么，谁就掌握了成功的节奏，也就能奏出最后胜利的天籁之音。

该赏花时就赏花，该进香时就进香。你现阶段能做而且必须去做的事情，就是你人生之中天大的事情。

没有价值的信念

/王清铭

读过很多有关信念的励志故事,故事后面常有这么一句:这则故事(或这句话)改变了他的命运和一生。我读完后,故事中的惊叹号经过我大脑的沟回后,就弯曲成疑问号:如果不是夸大其词,一则故事就能改变一生,这如同一帖药能医治百病,故事中的主人公所面临的困境就相当于患感冒等小恙,服一些感冒冲剂就好了。励志故事很多时候就是感冒冲剂,却能治疗重疾。

"信念值多少钱?信念是不值钱的,它有时甚至是一个善意的欺骗!然而你一旦坚持下去,它就会迅速升值。"

这是美国纽约州历史上第一位黑人州长罗杰·罗尔斯就职演说中的一句话。罗杰·罗尔斯在读小学时,是一个声名狼藉的坏学生。有一次从窗台上跳下,伸着小手走向讲台时,小学校长皮尔·保罗对他说:"我一看你修长的小拇指就知道，将来你是纽约州的州长。”如果你认为就是这句话改变了他的命运，你完全错了，因为你忽视了罗杰·罗尔斯为信念付出的心血和汗水。在他五十一岁成为州长之前，四十多年间，他没有一天不按州长的标准要求自己，并做出别人难以想象的努力。

信念或许是花种，没有肥沃的泥土、汗水的浇灌和辛勤的培育，是不会姹紫嫣红的。正如罗杰·罗尔斯所说的，信念没有价值，使信念升值的是一生的努力和坚持不懈。不是一则故事改变了人的一生，是为信念而奋斗的自己改写了命运。

信念没有价值，有价值的是坚持，是实现信念挥汗如雨的过程。

信念是希尔顿放在皮夹和压在书桌玻璃板下的沃尔多夫饭店的照片。股市崩盘让他一无所有，照片给予他梦想具体的雏形，为了这个目标，他全力以赴。十八年后，他终于买下了当时“世界之最”的沃尔多夫饭店。

信念是洛克菲勒研制出的“38 滴焊接机”。他最早的工作是巡视石油罐是否焊接好，勤于思考的他寻找最高效的焊接办法，经过努力，终于研制出“38 滴焊接机”。再后来，他用坚实的脚步一步步地焊接梦想，成为石油大王。

信念是英国首相撒切尔夫人所坐的前排座位。当她还叫玛格丽特时，她的人生词典中就没有“我不能”“太难了”这类的话。她牢记父亲的“永远坐在前排”的教诲，不甘落后，力争一流，每件事都做得十分出色。

一个人的态度决定他的高度，但要登上这一高度，还得靠自己的双脚和坚定的毅力。信念的价值在于坚持。

第八辑

在岁月里等一朵云飘来

对一头牛的尊重

/旺仔

伊卡纳西欧是西班牙著名斗牛士。

那个周末，斗牛场内一头高大威猛的母牛，脊椎上插着花标，鲜血淋漓，牛眼通红，气势汹汹地寻找进攻目标。观众掌声如雷，欢呼着迎接主斗手伊卡纳西欧上场。

他抻开红木兰卡，垂直执一把锋利的长剑，向热情的观众脱帽致意。人们瞬间安静，举起望远镜，只见伊卡纳西欧抖开木兰卡，正面引斗两个回合后，用舞蹈演员般潇洒、挺拔的后侧身，双手在后腰部抖动木兰卡，健壮却不失灵巧的斗牛"前腿弓，后腿绷"，恼怒地擦着斗牛士的身体冲了一圈又一圈……

伊卡纳西欧精彩、惊险的引斗动作，惹得观众掌声如潮，尖声高叫。此时，伊卡纳西欧只要瞅准机会，挥剑刺入牛心，就可结束堪称精彩绝伦的表演，等着领取牛耳、牛尾及无数白手绢,再一次风光无限地退场。

但伊卡纳西欧不打算早早结束战斗。他背对着斗牛,微微斜过头,抖动木兰卡。刹那间,意外发生了。母牛弓身、低头冲过去,像起跑线上的短跑运动员蓄足了力气爆发,猛地将伊卡纳西欧撞翻在地。木兰卡和长剑被踩在牛蹄下,伊卡纳西欧本能地滚开两米,哪知被戏弄的牛暴怒地冲过去,用坚硬的牛角叉住伊卡纳西欧的裆部,举起,摔下,再叉起,再摔下。血,染红了雪白的紧身裤,伊卡纳西欧躺在地上不能动弹。母牛狂性大发,撂开前蹄就要朝伊卡纳西欧踩去。

天哪!所有观众惊得站立起来,骇然地注视着这场景。两吨多重的牛,踩踏到人身上后果不堪设想。伊卡纳西欧命悬一线!千钧一发之际,他的徒弟、助手们蜂拥而上,用粉色木兰卡制服引开了斗牛。

斗牛运动就是这样充满刺激和悬念。刚才意气风发、英姿飒爽的英雄,瞬间变成了狗熊,真是令人大跌眼镜。助手们扶起伤痕累累的伊卡纳西欧,护送他出场。可浑身是血一瘸一拐的伊卡纳西欧,却愤怒地拨开他们,捡起血迹斑斑、满是灰尘的木兰卡,走到牛跟前,摆开姿势,继续进行角斗。该死的疯牛让他颜面扫地,必须亲手杀死它,方解心头之恨,洗刷刚刚失败的羞辱。然而,令人费解的是,漂亮的几轮引斗结束后,牛已经累得气喘吁吁、口吐白沫,前蹄好几次因乏力踉跄跌跪在地,多好的机会呀,可伊卡纳西欧始终不用长剑击杀母牛。杀了它!杀了它!观众着急地挥手大喊。

在众人焦急、不解的神色中,伊卡纳西欧优雅地收拢木兰卡,举手致意谢幕,并大声说:"留下这头牛,我出资养它到老死,它是今晚的英雄!”哗哗哗……黑压压的观众全体起立,向伊卡纳西欧报以热烈的掌声,抛出一条条白手绢。

虽然伊卡纳西欧输得很惨,但依然得到了奖赏和尊重。因为,他尊重了他的对手、敌人。即使它是一头牛。由此可见,输,也要输得有尊严,有气度。这是一种精神,一种境界,更是人格魅力的体现。

为快乐而选择生活

/王磊

在巴西里约热内卢，有一家再平常不过的桑巴舞学校。在这个几乎男女老少都会桑巴舞的国度里，这样一家普通的桑巴舞学校一点也不显眼。然而，这所学校近百年来却有一条奇怪的校规，正因为这条校规，它便成了远近闻名的舞蹈学校。

原来，这所学校除了在教学时间之外，其他时间都免费向所有人提供跳舞的场地。但是，学校对来跳舞的人却有严格的要求。如果你满面春风、欢声笑语地来到这里，那么对不起，你只能乖乖地坐在一旁为台上的舞蹈者献上自己的掌声；如果你满面愁容，郁郁寡欢，那么即使你只是偶然路过学校的门口，也会有人劝你去里面跳一曲舞蹈再走，直到你跳得开心高兴为止。

这条奇怪的校规是当年学校的创建者定下的，那是一个善良而博爱的富翁。他们的家族几代以来都乐善好施，喜欢帮助别人，富翁在这种环境的熏陶之下，从小就养成了乐于帮助他人的性格。然而让渐渐长大的他困惑的是，无论给予别人多大的帮助，对方似乎总是对生活充满了忧愁和伤感。

随着阅历的增长，他对人性有了越来越深刻的认识，于是便建立了这所舞蹈学校，并且在一面墙上刻下了这样一段话：大多数人之所以还在继续生活，并非因为他们对生命多么热爱，而是他们对死亡充满了恐惧，所以生活对他们来说只是一种无奈的举动罢了。我希望那些终日生活在焦虑、压力和痛苦之下的人，能在舞蹈中找到生活的快乐，从而使他们不是为了恐惧死亡而是为了享受生命的快乐而继续生活！

富翁认为，在短时间内让所有人都变得富有而感到充实是不可能的。既然物质条件很难在短时间内发生改变，那么就该让人们在精神上获得愉快的感受。于是，他便定下了这样一条奇怪的校规——因为舞台太小，所以那些看上去快乐的人在一边旁观就可以了，把舞台让给那些感受不到快乐的人，让他们在舞蹈中感受到快乐。这样一来，台上台下都沉浸在了一片快乐之中，对所有人都是一次良好的心理按摩。

自从这个校规公布之后，只要不是在教学时间，这里的舞台永远都站满了跳舞的人。这些人里有平民，也有官员，有贫者，也有富人。当站上舞台的一刹那，大家都忘记了自己的身份，享受的只是当下快乐的时光。

在近百年的时间里，这条奇怪的校规让几十名轻生者放弃了不该有的悲观念头，让几百名抑郁症患者黑暗的天空中重新充满了阳光，也让成千上万人找到了生命的乐趣。

外在的世界从未改变过,改变的只是我们的内心而已。同样是生活,因为对死亡的恐惧而勉强生活叫苟延残喘,因为在生命中寻找到快乐而微笑生活叫享受人生;同样是工作,仅仅为赚取钱财战战兢兢担心未来而生活叫随波逐流,因为在工作中找到自己的乐趣和事业目标而努力生活叫作积极向上;同样是情感,因为不能忍受孤独而勉强迁就、凑合生活叫痛苦煎熬,因为等待真爱宁缺毋滥而继续隐忍寻觅生活叫作好事多磨!

无论怎样,每个人都只有一辈子可活,你是愿意为焦虑而活,还是愿意为快乐而活?

每条小溪都有目的地

/王磊

苏珊年轻的时候就不是一个美女，但她却是一个很快乐的人。年轻时的苏珊性格温和，与人为善，虽然没有迷人的美貌、优秀的学历和显赫的家世，但她一直过得非常快乐。

在人们眼中，苏珊显得那么与众不同。虽然也有过追求者，但她并没有和任何一个男人谈过恋爱，虽然年龄一天天大了起来，但她始终坚持不遇到心动的男人就绝不谈恋爱。苏珊不仅在感情上坚持着自己的看法，而且在生活中也有些特立独行。她并没有像大多数人一样去选择工作，而是依靠家里的微薄田产过着平淡的生活。那时候的苏珊和母亲两人相依为命，生活在一起，每天除了照顾母亲之外，苏珊把所有的精力都投入了自己心爱的音乐中。

苏珊对音乐的痴迷早已经是远近皆知的事情，大家都知道苏珊想成为一个音乐家。家乡的人们谈起苏珊的音乐梦时，只能无奈地笑一笑。苏珊的嗓音并非天籁，而且也没有经过正规的教育，所有人都觉得苏珊只是一个爱做白日梦的女孩子罢了。人们或是出于好心或是出于嘲讽，常常当面提醒苏珊，让她放弃这样一个不现实的梦想，然后找个工作，嫁人。周围的人们希望苏珊可以过和他们一样的普通生活。

时间一年年流逝着，劝说苏珊的人越来越多，苏珊开始陷入彷徨之中。一方面是自己人生的梦想始终无法实现；一方面是别人的劝告，给了自己很大压力。仔细考虑之后，苏珊决定听从人们的劝告。她唱歌的时间越来越少，开始寻找工作，甚至动了约会相亲的念头。

然而，苏珊很快就发现，这些事情对自己都没有太大的吸引力。看到这些日复一日单调枯燥的工作和丝毫不让自己心动的男人，让她变得越来越不快乐。苏珊的改变全被母亲看在眼里，细心的老人知道，自从苏珊下决心改变之后，她的房间里总是不断地传来沉闷的翻身声，显然是她陷入了巨大的焦虑之中。

看着女儿一天天消瘦下去，母亲终于再也忍不住了。这天下午，两个人正在喝咖啡，母亲忽然郑重地对苏珊说道："亲爱的，其实每条小溪都有自己的目的地。有的最终融入了大海，有的最后流淌进了湖泊，而有的成为护城河的一部分。每个人都是一条小溪，你不能因为别人的看法就改变了自己前进的轨道。"

听了母亲的话，苏珊若有所思地低下了头。母亲又将苏珊最近的状态和以前对比了一下，告诉她现在的生活根本不适合她，她应该坚持过自己想过的日子。在母亲的劝说下，苏珊终于下定决心不再忌惮别人的看法，重新过起了自己想过的生活。这个决定让苏珊感受到了巨大的压力，人们的评价和劝说再次响了起来，可苏珊还是顶住了压力，坚持按照自己的想法继续生活。

后来，在母亲的支持下，苏珊费尽周折地拜当地的著名音乐人为师，并且不断去全国各地参加各种选拔赛，努力争取改变命运的机会。然而，命运跟她开起了玩笑，苏珊的每一次努力只换来失败和嘲弄。时光就在这失败的经历中一点点消磨着，苏珊从少女变成了姑娘，现在又从姑娘变成了一个中年人，然而她的梦想仍旧没有实现。

苏珊选择了自由的生活，也为了这个选择付出巨大的代价。就在所有人都认为苏珊的生命将会越来越暗淡无光的时候，生活却突然出现了转机。在英国著名的电视选秀节目《英国达人》的比赛场上，体态臃肿，有着双下巴，说话极其害羞的苏珊刚一上台，观众席上就响起了一阵嘘声，而评委们也都情不自禁地皱起了眉头。苏珊红着脸告诉人们，自己的梦想是成为伊莲佩奇（英国音乐剧第一夫人）那样的专业歌手时，现场观众再也憋不住了，笑声像波浪一样一阵阵袭来。人们实在无法想象这样一个女人能在音乐上取得成就。而就在大家哭笑不得地看着这个大婶的时候，苏珊的歌喉却震惊了所有人。

四十七岁的苏珊演唱的曲目是音乐剧《悲惨世界》中的《我曾有梦》，婉转悠扬的歌声飘荡在大厅里，完全沉浸在音乐中的苏珊显得那么专注而迷人。在一瞬间，现场变得异常安静，人们屏住呼吸听完了苏珊的演唱。短暂的沉默之后，掌声欢呼声响成了一片。这个乡下大婶一样的中年女人,在一夜之间成了明星。

每个人都有最适合自己的生活方式,如果为了别人的评价而去过自己不想过的生活,那这样的人生将是悲惨的。在著名电影《肖申克的救赎》里有这样一句话:有一种鸟,每根羽毛上都散发着自由的光辉。那些真正按照自己愿望去生活的人,去选择自由生活的人,才能获得光辉的人生。

每条小溪都有自己的目的地,别去为了迎合别人的看法而改变自己前进的方向。

用信义进行的战争

/清风慕竹

晋对东吴用兵失败，统领荆州军政事务的左仆射、卫将军羊祜决定改变策略，打一场没有硝烟的战争。

羊祜宣布，凡是从吴国投降过来的人，如果后悔了，想家了，来去自由。一些吴国人将信将疑，尝试着走了，果然没受到任何刁难。羊祜又规定，如果需要和吴国开战，一定先约定好日期和时辰，讲究信用，绝不搞突然袭击。有懂军事的将帅不理解，就对羊祜说，《孙子兵法》云："兵者，诡道也。"打仗怎么能这样公开透明，说到哪儿做到哪儿呢？他们中的一些人经常开动脑筋，研究一些诡诈的奇袭方案，上报给羊祜。每当他们来提建议的时候，羊祜总是非常热情，命人备酒菜，没等开口汇报，一拨一拨的劝酒者接踵而至，那美酒是如此醇厚，大约酿酒的时候忘记了兑水，三杯酒下肚，就醉得一塌糊涂。如此几次，弄得他们闻到酒味就反胃，深思熟虑的奇袭方案一直不得面世。

羊祜每次率军进入吴境行军，倘若半路上不得不割稻谷充作军粮，就记下所取粮食的数量，过后一定给吴国人送去绢帛作为补偿。每次带人到长江、沔水一带打猎，常常只限于晋的领地，如果猎获的禽兽首先是被吴国人杀伤的，就令部下送还给吴国人。时间长了，吴国边境的百姓都很高兴，对晋军逐渐消除了敌意，对羊祜更是心悦诚服。

羊祜又下令减少守边巡逻的军士，以减轻两国的敌对状态。他自己更是身先士卒，作为一个大将军，他经常穿着暖和的皮衣围着宽松的腰带，身上不披铠甲，即使巡行敌楼之下，也不过带十几个侍卫保护。而更有甚者，他居然荒废政事，喜欢钓鱼打猎等娱乐活动，还常常半夜三更偷偷摸摸溜出军营去，有一次被值夜班的掌管军纪的徐胤当场拿获，责备他说："将军你担负着国家安全的重大责任，怎么可以轻率地跑出去玩呢？你的安危，也是国家的安危，今天除非我死了，这个门才可以打开！"羊祜灰头土脸，连忙郑重其事地向他道歉，这才不敢经常出去了。

羊祜的目的可不是简单地在边境营造一团和气的和平景象，他知道堡垒都是从内部被攻破的，他玩的是攻心战，以信义征服吴人，意图不费一枪一弹，不战而屈人之兵，达到"和平演变"的目的。

以信义作为战争的武器，羊祜并不是第一人。早在春秋战国时期，晋文公重耳领兵攻打原国，他与士兵们约定，只带十天的粮食，以十天为限，到时攻不下来，撤军。结果攻到了第十天，晋文公下令敲锣退军，收兵回国。将领们报告说：

“还是先不要撤吧，再有三天就可以攻下了，这可是千载难逢的好机会。”晋文公说：“我们有十天的约定，若不回去，是失信啊！为了得到原国而失去信用，我办不到。”果断下令撤兵回国。原国的百姓听说这件事后都说：“有君王像文公这样讲信义的，怎可不归附他呢？”纷纷归顺了晋国。卫国的人也听到这个消息，觉得到哪里找这样讲信义的君主呢？也向文公投了降。

羊祜所学习的正是晋文公的方法，不过他不走运的是，他遇到的对手也是一个和他一样高明的人，他就是东吴著名将军陆逊的小儿子——陆抗。对于羊祜的攻心战，陆抗采取的策略就是“来而不往，非礼也”。晋人讲信，吴人也不背诺，你敬我一尺，我敬你一丈，以其人之道，还治其人之身。在这场没有硝烟的战争中，丝毫没有落得下风。于是在中国古代的战争史上，出现了前所未有的奇怪场景，两位将军各领大军在边境对抗，双方的使者却经常往来。有一天，陆抗赠了一坛美酒给羊祜，羊祜的部属满脸狐疑，都以可能有毒劝他不要喝，羊祜却若无其事，当着使者的面将酒一饮而尽。后来陆抗生了病，羊祜派人送来良药，这回轮到陆抗的部下劝他防止有诈，陆抗笑笑说：“世上怎么会存在用毒药杀人的羊叔子呢！”他毫不迟疑地服下，不日病体痊愈。

陆抗经常告诫士卒说：“羊祜专门做仁义高尚的事，如果我们做残暴不义的事，等于没有交战我们就已经败了。我们现在只做到各自保卫好自己的边界就行了，不要去占那些小便宜。”后来吴主孙皓听到有人打小报告说，陆抗在边境不好好打仗，还和晋国人眉来眼去，就派使者以与敌交好的事实责问陆抗。陆抗回答说："一县一乡都不能够不要'信义'的品德，何况我们这样的大国呢！我如果不这样做，正是显扬了羊祜的信义，对羊祜并无损伤啊。"

这是历史上绝无仅有的让人感到温暖的战争。两个人身处敌我之间，出手于无形之间，各为其主，却又心胸坦荡，彼此信任，不以小人之心，度君子之腹。这样的对抗，结果只能是平手，他们谁都无法建立攻伐的伟业，却并不遗憾，因为他们是真正的对手，这样的对手比朋友更难得。正因为如此，他们在飘散着墨香的典籍中留下的声名，比所有武功盖世的人更令人崇敬。

上帝眼中最甜的果子

/凉月满天

朋友来吃饭。既是朋友，自然偏心，觉得我怎么也得是一只振翅十万里的大鹏，为什么没人给我提供那么阔大的天空？言下之意，怀才不遇。

我说，你可千万千万不许说我怀才不遇。

那是跟自个儿过不去。

怀才不遇是咒语，可以开启人内心最深处的恐惧。

恐惧被遗忘，恐惧被轻视，恐惧有才不得展，有志不得伸，恐惧英雄本当疆场死，却在床榻了一生。最害怕的东西却最会祸害你，所谓“风刀霜剑严相逼”。其实黛玉小姐身边何尝真有风如刀霜如剑将她碎剐凌迟？一切不过是心中的恐惧。

屈原是个倒霉的臣子，觉得自己怀才不遇，抱石投江而死。李白是个倒霉的才子，觉得自己怀才不遇，貂裘换酒，放浪形骸。结果一个死得不快活,一个活得不痛快。

所以,所有神圣的经典都有一个很清楚的训诫:勿惧。

陶渊明死了那么久,才一点一点显露出他的价值,像淹在光阴里的白石。他不当官,回家种地,别人既不觉得他是“不遇”的圣人,他也觉得自己只是一个爱诗酒的傻子。脑子里既没有“遇”与“不遇”这回事,所以他的诗里找不到恐惧以及愤怨的情绪,活着听从自己的心声,死也死得安详平静。

“遇”这个东西好比一把剑,你把剑柄交给谁,谁就是你的主宰。

读了唐朝马戴一首诗:“灞原风雨定,晚见雁行频。落叶他乡树,寒灯独夜人。空园白露滴,孤壁野僧邻。寄卧郊扉久,何年致此身?”为求致身,孜孜于心,可若真有那么一年“致”了你的“身”,你又能怎样?《借月山房丛抄》中收有明张文麟端岩公年谱,自记其在刑部主事任内亲见会审刘瑾事。明朝大太监,九千岁,权焰倾天,一朝被拿,跣剥反接,杖责四十。“瑾垂头片时不语,少顷则张目四顾云:满朝大小官员都是我起用的。”便有蔡驸马开口,说朝廷用人如何是你起用的,“掌嘴!”“掌讫十下。”这样的“遇”,剑柄操在人家手里,高兴的时候人家看你杀人,不高兴便可以倒过来杀你。

所以庄子聪明,拼其一生,追求的无非是两个字“不遇”。最喜欢他写的大葫芦和大树。葫芦太大,没用,怎么办?正好泛舟江湖,风浪打不翻的风流。大树太大,又太扭曲,不遇,怎么办?正好可以戳在路边,看春风秋雨,世间百态,直面灵魂,不夭斧斤。

其实庄子也不是“不遇”,不过他的“遇”是和自己“相遇”,然后把命运的剑柄握在自己手里,哪怕剑插回鞘,挂在墙壁,夜里有锵锵龙吟,响的也不是哀音,而是对生命的最高礼赞,必定上达天庭。

近日在读《与神对话》,《中国青年》的编辑朋友陈敏推荐的。书里的神非常冷酷地对人说:“你不会得到你所求的,你也无法拥有任何你想要(want)的东西。这是因为要求本身就是欠缺的一种声明,在你说你想要一个东西时,只会在你的现实中形成那个‘缺乏’(wanting)的经验。因此,正确的祈祷永远不是恳求的祈祷,而是感恩的祷告。”

这个神真聪明。晶晶亮,透心凉。他告诉人不许向我祈求你所缺的,要向我感恩你所得的。抱怨所缺,必心生怨怼;感恩所得,才能心生感激。地狱不在死后,地狱就在今生。天堂也不在死后,天堂也在今生。若觉怀才不遇,必定生活在地狱。只有当了自己的主人,才能将咒语打破,逃出生天,置身天堂,处处花香。

人怀才如同树结果子,被人吃的甜果就算是遇明主,成贤才啦,酸果子高挂枝头,没来由一阵自卑。其实不必。人不吃,上帝吃。你看霍金,都快给他咬成果核了,那么一个嘴歪、眼斜、抽鸡爪疯、坐轮椅的残疾人,分明在他那里是最甜、最美的果子。

生命本就不是悲剧,每时每刻都有幸运如光。看似怀才不遇的人,未必遇的不是上帝。塞林格在《麦田守望者》里说:“成熟的人可以为了崇高的理想而卑微地活着。”这样的人,高尚、有理想,卑微,又不抱怨,最幸运,因为必定在和自己相遇之后,成为上帝眼中最甜的果子。

等一朵云飘来

/丹娅

他出生在日本的一个武士家庭，按理说，他应该学习剑道，但是，他却出奇地对绘画产生了浓厚的兴趣，曾经一度梦想做一个出色的绘画大师。就在这时候，日本从一个半封建国家转变为工业大国，他的理想也跟着大环境的变化而变化，他应聘成为一名电影导演助理。经过多年的努力，他终于有机会做导演拍摄了自己的作品，并且在国内小有名气，于是，他开始花大力气进军国际市场。哪知道，他的那部作品在国内试映时就惨遭冷遇，为此，许多人都说他不自量力。面对流言蜚语，他淡然而笑，不久，墙里开花墙外香，这部影片入选威尼斯电影节，并获得了令人羡慕的金狮奖。

他总是一个不疾不徐的人，做人做事都显得十分闲适。他曾被誉为“电影界的莎士比亚”，他的名字叫黑泽明。

黑泽明一生拍过三十多部作品，其中《罗生门》《七武士》

等作品深得业内专家和广大影迷好评，1990 年，八十岁高龄的黑泽明在奥斯卡颁奖礼上获得终身成就奖。1999 年，黑泽明被美国《时代周刊》评选为“二十世纪亚洲最有影响力的人物”之一。

黑泽明的作品总能在看似波澜不惊的剧情中裹挟着汹涌的情感暗流，总能在看似不起眼的故事细节中饱含着惊心动魄的转折和悬念。黑泽明先生是一个日本人，但是，无论是他的作品还是他的性格，总给人留下一个中国修道者的形象。

举一个简单的例子。

一次，黑泽明在拍摄一部电影的时候，为了增强画面的美感和意境，按照剧本的要求，需要拍摄一个这样的场景：草地上的主人公活动，天边，悠悠地飘来一朵云。然而，那天偏是个万里无云的天气，为此，黑泽明专门询问了天气预报员，得知晚些时候天空将有些许云朵飘过。这是一个令人欢欣鼓舞的消息，黑泽明导演赶忙让所有的演职人员全部暂停工作，大家席地而卧在草地上，一边嚼着草根，一边静静地等待天边的一朵云飘过来。不料，这一等就是将近四个小时。看到天边出现了棉絮般的云朵，黑泽明从草地上跳了起来，手舞足蹈，像个孩子。

这是多么怡然自得的一种场景啊！为了一朵云，黑泽明不惜耗费巨额的花费来等待，这又是多么闲适的一种心境。在当下这个商业片极端爆炸的年代，黑泽明的这种做法不得不令许多身为导演的人感到汗颜！

《菜根谭》有云：“宠辱不惊，闲看庭前花开花落；去留无意，漫随天外云卷云舒。”闲适，是一种曼妙“无为”的心境，它所达到的效果有时候远远要比激进“有为”好得多。

闲适真美！

每一朵鲜花都装着果实一样的梦

/丹娅

请看下面这道算术题:如若徒步穿越一片 1 公里的草地需要 500 卡的热量的话,那么,穿越一片 10 公里的草地,就需要 5000 卡的热量。

这个命题对吗?单从数学的角度来计算,没有丝毫的问题,然而,如果真要放在现实的情境中,这道题就要大错特错了,答案是至少在 8000 卡热量以上。

为什么?

首先,人不是机器,消耗的热量不可能都均等,随着距离的逐渐增加,人消耗的热量也会翻倍;其次,草地不是平坦的陆地,其间遍布泥潭、荆棘、蛇蝎……要想逃脱这些羁绊,远远要比走平地消耗的热量要多得多。

这道题使我想起了唐太宗李世民曾经告诫世人的一句箴言:“夫取法于上,仅得其中;取法于中,故为其下。”可见,若想收获 100% 的成功,我们必须要付出 150% 的努力才可以,甚至更多。

一位诗人曾经写下如下诗句:蝗虫若想翻身成为麻雀,必须在心中装着鹰一样的翅膀;狗尾草若想成为谷穗,必须在根部积攒杨树一样的冲劲;蒲公英若想成为向日葵,必须要在晴天和黑夜晒满两轮太阳……

永远没有可以预计的成功,永远没有可以等待的收获。命运从不给人打包票,它总是给人一张白纸,所有的一切都需要我们从当下开始,饱蘸梦想的激情来书写。

生活的成功法则告诉我们:要想成为花朵,必须迈着果实的步子;要想成为蜂蜜,必须心里酝酿着白砂糖一样的赤诚。我们永远都不要忘记,把成功的目标定得远一些,再远一些。

梦想有多远,心灵的疆域就有多宽广;热爱有多深,成就就有多深。

在枝繁叶茂的春天,我们把心灵的土壤刨得再深一些,深埋梦想的种子,这样成功的根基才能更牢靠。同时,我们还别忘记把心灵的路基再铺得厚一些,让成功的车辆平稳地抵达辉煌。春天,是风筝高飞的季节,在这样一个季节里,我们别忘记放飞心灵的风筝,让心的视角站得更高一些;把梦想的愿景向前延伸一步,这样成功的隧道才能更加明亮。

位于日本东京的浅草雷门观音庙拥有 1200 多年的历史,是许多朝圣者做梦都很向往的圣境。然而,通往观音庙的路对于朝圣者来说,却十分坎坷,隔着环绕的群山不说,路况也不怎么好,许多苦行的朝圣者都半途而返,但是,一个叫佐木的朝圣者推着板车行程1000余里到达了观音庙。很多人都想知道是何种力量支撑他远隔重山来到观音庙的，佐木的回答是这样的：因为我心中装着富士山，富士山比观音庙要远一些，心中装着更远的目标，那么，距离近的目标就会越来越近了。

这话听起来有些拗口，却道出了一位朝圣者的智慧。其实，在生命的旅程里，我们哪个人又不是一个梦想的朝圣者呢？

赴一条山环水绕的路，我们不光要有蜗牛的执着，慢慢地每向前一步，就能离目标更近一些，我们还要有猎豹一样的激情，迈开步子，一路飞奔，把平庸的路标踩在脚下。生命是一条激情涌动的电流，我们能做的就是要多"一度"热爱，多一份成竹在胸的自信，多"一度"付出，多一些游刃有余的洒脱！

如果把生命看作是一条跑道，我们要在预赛的时候把冲刺线挪得更远一些，为成功多训练一份耐力；如果把青春看作是一场演出，我们要在彩排的时候抱着现场直播的心态来尽力呈现自己，为成功多练就一些尽善尽美的精彩。

心灵如满树繁花，每一朵鲜花在盛开之前都要装着果实的梦，这样的花瓣才能更甜美；生命是一场幸福的丈量，我们要把成功的尺子拉得再远一些，把我们心灵的腹地开拓得更加深远，更加意味深长！

心只有用心来征服

/王爱军

东汉光武年间，在北方灰暗的天空下，一队衣衫不整的犯人艰难地行走在尘土飞扬的路上，时而有人倒下去，然后被人架起来，凛冽的寒风吹在身上，像刀子般刺痛着肌肤。从他们绝望的眼神中可以读出对命运的预感，不是被处死，就是被冻死。走在队伍最后边的，是一个文质彬彬的官员，他叫钟离意，奉朝廷诏令负责把这些囚犯押解到河内府。此时，钟离意忧心忡忡地看着眼前的这支队伍，他知道，这样走下去，将有不少的囚犯因饥寒交迫不能走到目的地。

路过弘农县城时，钟离意命令队伍停下来，然后转身直奔县衙而去。钟离意在大司徒侯霸府中做事，作为上头来的人，县令赶忙降阶相迎。几句客套之后，钟离意说明来意，请他为路过此地的犯人制作棉衣。县令一愣，面露难色。按理说对那些作奸犯科的囚犯是不能讲仁慈的，官府有限的资源救济贫困的好人还救济不过来,怎么能给这些自绝于人民的敌人呢? 这事如果做起来可是要冒丢乌纱的风险的。拒绝吧,眼前这位上司也够自己喝一壶的。好在他脑筋来得不慢,赶紧点头应承下来,吩咐人去做衣服,下得堂来立刻钻进书房,亲笔给皇上写了一个奏章,详细汇报了事情的经过,意思很清楚,事情是钟离意闹的,我是迫不得已。只是他不知道,钟离意接下来做的,更让他目瞪口呆。

在给囚犯们全部穿好新棉衣之后,钟离意命令除去所有犯人身上的枷锁,然后告诉他们要去的地方,并约定好了日期,大手一挥:“你们都各行其便,咱们不见不散!”惊得随行押运的士兵倒吸一口凉气,来不及阻止,犯人们早已一哄而作鸟兽散。

虽然没有了囚犯们的拖累,可接下来的行程并不轻松,士兵们想着如果丢失了犯人,这罪责无论如何也逃脱不过去。钟离意看出大家的担心,安慰他们说:“放心吧,人心都是肉长的,他们不会失信的。”一面也写了一道奏章,说明了情况,命人送往京城。

在众人的疑惑中,钟离意抵达了河内府,在约定的时间地点等待囚犯们的报到。结果让手下人意想不到的是,所有囚犯全部按时到达,没有一个人违期。属下很庆幸,而钟离意始终很坦然,仿佛一切都在他意料之中。

光武帝看到了先后送达的奏章,听到了汇报,非常感慨地对侯霸说:“你任用的属下用心这么仁慈! 确实是良吏呀!”

几年以后,钟离意再次玩起了心跳。因病辞官的钟离意被重新启用,任命为堂邑县令。县里有个叫房广的人为父报仇,杀了人,被关进监狱,等待处死。不久,房广的母亲忧愤而死,得知死讯的房广悲痛欲绝,号啕大哭。钟离意知道了,心里很不好受,叫狱吏把房广带来,对他说:"我想让你出去,回家把母亲安葬了。如果你重信义你就回来,不重信义就算了。"身边的官员和狱吏一听,急得直跺脚,极力劝阻他说:"他可是死刑犯,跑了的话上哪里去找他呢?到时我们大家可是吃罪不起啊!"

钟离意说:"如果到时他不回来,我一个人承担责任,你们不用担心。"

房广果然没有辜负钟离意,给母亲办完丧事后,自觉地返回监狱接受处罚。钟离意向上级汇报了情况,最终免除了他的死刑。

钟离意为官所治理的地方,无不人心向善,风气井然。有人倾慕他卓著的政绩,向他请教从政的秘诀,他说:"精诚所至,金石为开。"

在这个世界上,心只有用心来征服,憎恨只能加重憎恨,只有仁爱才会让仁爱生长。